熊猫茶神

王若我 著

新星出版社　NEW STAR PRESS

图书在版编目（CIP）数据

熊猫茶神 / 王若我著 . -- 北京：新星出版社，2020.11
ISBN 978-7-5133-3315-3

Ⅰ.①熊… Ⅱ.①王… Ⅲ.①科学幻想小说—中国—当代 Ⅳ.①I247.5

中国版本图书馆 CIP 数据核字（2018）第 282583 号

熊猫茶神
王若我　著

策　　划：谢　斌　杨成春　朱　鹰
责任编辑：汪　欣
特约编辑：洪　与　姚小红　莫金莲　刘德华
责任印制：李珊珊
装帧设计：刘青文

出版发行：新星出版社
出 版 人：马汝军
社　　址：北京市西城区车公庄大街丙 3 号楼　100044
网　　址：www.newstarpress.com
电　　话：010-88310888
传　　真：010-65270449
法律顾问：北京市岳成律师事务所

读者服务：010-88310811　service@newstarpress.com
邮购地址：北京市西城区车公庄大街丙 3 号楼　100044

印　　刷：北京天恒嘉业印刷有限公司
开　　本：890mm×1240mm　1/32
印　　张：8
字　　数：128 千字
版　　次：2020 年 11 月第一版　2020 年 11 月第一次印刷
书　　号：ISBN 978-7-5133-3315-3
定　　价：35.00 元

版权专有，侵权必究；如有质量问题，请与印刷厂联系更换。

目 录

- 001 茶灵之始
- 038 第一章 廉
- 100 第二章 美
- 156 第三章 和
- 202 第四章 敬

茶灵之始

1

公元前210年的夏天，秦始皇游历他的江山时病死在了沙丘。

宦官赵高胁迫李斯篡改遗书，命太子扶苏在其封地自尽，帮助胡亥篡位。胡亥这家伙虽然脑子不怎么好使，更没有他父亲的雄才大略，但有一样东西还是充分继承了传统，那便是残暴。

秦始皇虽不怎么近女色，但一不小心仍然留下33名子女。胡亥即位后，先后将这些兄弟姊妹全部杀掉。但鉴于对自身能力等级评估不足，兄弟姊妹杀完了，胡亥依然感觉屁股下的椅子不够稳当，于是又转向诛杀大臣。一时间朝堂内外风声鹤唳、血雨腥风。

一年后，本来闲着看热闹的吃瓜群众们有些慌了，因为公卿大夫已经杀得差不多，但明显二世皇帝的手仍在痒痒，他们猜测二世皇帝一定在杀人机器停摆的某个寂静的深夜陷入了对人生思考的巨大惆怅——下面，我该干些什么？吃瓜群众们隐约看见了老虎吃掉羊群后随意捕杀鸡鸭打牙祭的悠闲场面。甭想了,二世皇帝,您歇会儿,接下来咱们替你来干一干。于是公元前209年,大秦各地都开始冒烟着火了。煽风点火的杰出代表有两个:一个是贵族项羽,一个是地痞刘邦。按照套路,两人都秉着救民于水火的崇高理想和二世皇帝怼。老实说,他俩前期其实都只是打算干一票,捞点银子、女人,然后占据一方,修个鸡圈,不让老虎把鸡给吃了。只是两人没有想到,这一干,发现老虎在吃羊的时候把牙给整坏了,导致咬合力不够,于是兄弟俩一使劲,大秦帝国便轰然倒地,这着实出乎两人预料。刘、项二人瞪着眼珠子你看看我,我看看你——大秦没了,它居然就这样没了!空气突然变得安静,干了这一票,刘、项二人却不约而同地感到人生的迷茫,于是也纷纷陷入巨大的惆怅——那么下面,我又该干些什么?

一阵沉默之后,两人互相坚定地交换了眼神,得,一山不容二虎,还能咋地,掏出家伙,趁着手热,咱接着对干……

这个世界就是这样,当有的人忙于逐鹿权力的时候,也有人只是忙于生计。有的地方战火四起,也有的地方是真的世外桃源。当大秦摇摇欲坠,所有虎狼之师都逐鹿于中原时,巴蜀之地这个富饶而美丽的后花园,却几乎被人忘却。正因如此,这才有了接下来要说的事。

2

蜀地西南，秦惠文王更元十三年（公元前312年）置严道县，隶属蜀郡。严道县辖区甚广，山峦叠嶂，林木葳蕤，不似天府之国平坦，因此原著居民耕地有限，多以打柴为生。严道县境内有一山，称蒙山，蒙山北高南低，山势巍峨，峰峦挺秀，绝壑飞瀑，重云积雾。山有38峰，顶有5峰，"仰则天风高畅，万象萧瑟；俯则羌水环流，众山罗绕"。蒙山脚下有吴姓人家，曾以打柴采药为生，吴氏略懂岐黄之术，邻里乡亲偶有小恙都来找他，往往都能药到病除。可能是吴氏与中草药混迹时间过多，自与妻子结发，老是不能使之结蒂。直至不惑，吴氏方得一子，老两口算是老来得子，顿时开心坏了，为儿子取名理真。

吴理真自幼聪慧，在私塾求学时，总是第一个背完先生布置的文章，只是奇怪的是，吴理真背完课文后往往就不怎么听先生使唤了，老是偷偷溜出私塾，漫山遍野地溜达，这令先生又爱又气。

吴理真10岁这年，一次先生风湿骨病疼得厉害，找吴氏抓药。抓完药，先生捋着山羊胡说道：

"令郎天资聪慧，有栋梁之才啊。"

吴氏听了，甚是欢喜，忙打开已经包好的药包，又往里

面塞了些天麻,拱手作揖道:

"小子不才,是先生教导有方呐。"

先生提起药包起身,谦虚道:"过誉,过誉。不过,"先生顿了顿,继而说道,"不过鄙人尚有一事不甚明了,须与大医沟通,不知可否?"

吴氏立马正襟危坐,知是事关理真,且多不是什么好事情,忙说道:

"先生请坐,但说无妨。"

先生又坐了下来,将药包放在桌上,说道:

"令郎聪慧,但恕我直言,他似对典籍并无多少浓厚兴趣。"

吴氏诧异,忙问道:

"先生何出此言,还请明示。"

先生道:"在下也是猜测而已,令郎每次都能率先背完课文,但背完课文之后却少有留席温习功课之举。"

吴氏听闻大惊,继而大怒,一巴掌拍在桌上:"小子胡闹!"

先生一个激灵,忙说道:"大医且息怒,在下也是颇感疑顿,这才与您商量来着。"

吴氏知道自己失礼,忙起身作揖,说道:"是在下失态了,在下教子无方,烦请先生原宥。只是犬子劳先生费心,我这做父亲的深感歉意啊。先生说犬子少有留席温习功课,实则委婉，确实是在下忙于医药而疏于管教，才让小子目无尊长，作出逃课之举。先生放心，在下必当严加看管。"说完，又是深深地作了一个揖。

先生走后，吴氏越想越是生气，这私塾先生虽未言明，但一句"少有留席温习功课之举"，实际上已经说得非常明白，他儿子逃课了，而且是经常逃课！每晚吴理真都很晚回家，道是在先生家温习功课，看来都是谎话。想到自己对儿子寄予厚望，儿子却违背父命，欺瞒尊长，实为不孝。要是落下话柄，吴理真成年之后恐难有入仕之格！

到了傍晚，吴氏怒气逐渐消了下来，但是他依然正襟危坐，等待吴理真回来。

3

吴理真迈进门槛，吴氏还坐在桌子旁，也没绕弯子，直截了当问道：

"说吧，你每天逃课，到底去了哪儿？"

吴理真的笑容僵在脸上，显然是被父亲突如其来的问话吓懵了，支支吾吾半天没说出话来，手里的蟋蟀"哗"地逃走了，这蟋蟀在房间里"噗、噗"撞了两面墙壁，正好落在吴氏旁边的桌子上，吴氏"啪"地就是一巴掌，蟋蟀顿成一具尸体。

吴理真见父亲一巴掌拍死了蟋蟀,以为父亲大怒,吓得"扑通"一声跪在地上,以首伏地,嘴里颤抖说道:"我知错了,父亲大人!"

吴氏道:"我是问你逃课去哪儿了,没问你错没错。"

吴理真道:"是。我,我上山了。"

吴氏问道:"上山作甚?"

吴理真跪伏于地,答道:"上山采药草。"

吴氏又问:"采药草作甚?"

吴理真回答道:"喂黑白怪。"

吴氏一时没听明白,再问:"喂啥?"

吴理真战战兢兢答道:"它饿了。"

吴氏气得起身又一巴掌,这一巴掌拍在吴理真脑袋上,说:"喂啥,喂啥!我问你采药草喂啥?"

吴理真略带哭腔,再次重复说道:"喂,喂黑白怪。"

吴氏还是不懂儿子说的什么,问:"什么黑白怪?"

吴理真颤颤巍巍,答道:"一只小的,四脚和眼睛是黑色,身体是白色的,熊。"

吴氏也算见多识广,听闻想了想,突然大惊道:"貔貅?!"

吴理真道:"孩儿不知,只是它太过弱小,自孩儿当日遇见之时,觉得此物从未见过,它脚又折断,不忍心见它受苦,才救了起来。孩儿怕父亲责骂,便将它安置于山腰草堆,每日下午都去采药草为其敷药疗伤。后来它渐渐好了,孩儿起了私心,不忍放逐,所以,所以……"

"所以继续采药草喂养了起来?"吴氏本来又惊又气,但闻儿子所述全因他有好生之德,也没再发火,吴氏顿了顿再说道:"你可知你所说黑白怪,嗯,这貔貅为何物?"

吴理真终于抬起了头,诚恳地回道:"孩儿不知。"

吴氏坐回座位,接着说道:"幸好你所救的为幼崽,若遇成年貔貅,怕是性命危矣。"

吴理真听父亲说得煞有介事,也不免略有紧张,怯懦地说道:"还请父亲大人明示。"

吴氏说道:"相传炎黄之时,黄帝与炎帝大战于阪泉,黄帝帅熊、貔、狼、豹、貙、虎为前驱,雕、鹖、鹰、鸢为旗帜,这些凶猛的野兽们所向披靡,最终黄帝打败了炎帝,这貔之骁勇,不逊虎狼。武王伐纣,实力悬殊,周参战人数不足5万,而商17万,其战于新野,《书·牧誓》所载,武王跟商纣王在牧野交战,所用之兵,似为猛兽——'尚桓桓,如虎如貔,如熊如罴,于商郊',你所救之貔貅,它像老虎一样凶猛。理真啊,《书经》所记,历历在目,它虽未成年,但兽性不改,你可知你每日去见这野兽,是何等凶险?"

007

吴氏兀自惊恐，他长长吐了一口气接着说道："不过，不知者无罪，趁它还没长大，明日你便想法将其诱回，交给为父处决，免得它日后祸害四方！"

吴理真听闻大骇，忙求情道："父亲，不可啊！父亲所言，是古文记载，孩儿与其相处日长，只觉它憨态可掬，并无半点凶相，求父亲开恩。"说完，将头又重重磕在了地上。

吴氏大怒，道："放肆，小子忤逆！亏你上私塾念书，先生所教，你全抛诸脑后了吗？《书·旅獒》讲的什么？"

吴理真抽泣着说："回父亲的话，《旅獒》所讲，先生尚未传教，孩儿所学，只限于《诗经》。"

吴氏大怒，说道："玩人丧德，玩物丧志。说的是春秋卫懿公好养鹤！卫懿公整天与鹤为伴，甚至让之与其同吃同住，自己不理朝政，不问民情，百姓怨声载道。后北狄部落入侵，卫懿公命军队抵抗。将士们说既然鹤享有很高的地位和待遇，现在就让它去打仗。懿公无法，领兵亲征，与狄人战于荥泽，因军心不齐，战败而死。卫懿公养鹤玩物丧志，你如法炮制养貔貅，比卫懿公更劣！"

吴理真小心答道："父亲教育的是，但要孩儿将黑白怪带回来让父亲处死，孩儿实在办不到，上天有好生之德，孩儿不想屠戮生灵。若孩儿帮着父亲杀了黑白怪，这岂不是助纣为……"

还不等吴理真说完,吴氏"啪"的一记耳光就打在了他的脸上,道:"助纣为虐是不是?你还怕当申公豹是不是?念过几天书,瞎卖弄啥!"

吴理真捧着涨红的脸,吓得不敢再多言。

4

这是10年来吴氏第一次打儿子,也是最后一次。因为不久后,还不等吴理真将貔貅带回,吴氏就在上山采药途中失足掉下山崖,死了。事实上吴氏的死,和他儿子也是有一定关系的,吴氏自知道儿子逃课以来,颇觉对不住私塾先生,闻得先生受风湿骨病困扰,便想上山挖一些天麻叫吴理真带去,不料途中遭遇此劫,没能生还。吴理真幼年丧父,知是因自己而起,悔恨不已,但转念一想,这还是因所救貔貅而起,于是迁怒黑白怪,提棒上山,想要了结了它的性命。

这日,吴理真来到所养貔貅之处,幼貔因与吴理真相处日久,已有感情,见到吴理真,便欣喜地扭着身子贴了过去,但见吴理真并不像往常一样笑着抚摸它,也没有带食物来,歪着脖子望了望,有些疑惑。此时,吴理真从身后取出木棍,眼中含泪,有些怜惜地说道:

"黑白怪,今日你将命陨于此,勿要怪我,忠孝节义,亦有先后,孝在先,义在后,你若不死,一则有违家父遗命,二则家父虽因我而故,但终是因你,使我不孝。"说完,兀自哭了起来。

幼貘像是听懂了吴理真的话,眼神无辜地看了看他,随后惶恐地哆嗦着向后退了几步。吴理真哭过,双目紧闭,举起木棒就要向幼貘砸去。此时,幼貘却再未闪躲,而是匍匐着将头离得吴理真更近,像是知道吴理真所言一切厄运皆因它而起,故意爬过来送命一样。它趴在吴理真脚跟前,嘴里发出幼兽稚嫩的叫声,似乎在告诉吴理真如果这样可以平复你内心的伤痛,我甘愿领死,这条命本是你所救,它属于你!

吴理真本就不忍心下手了结这貘的性命,自他将这只幼崽救起,每日悉心照料,已将其当做自己的玩伴。它虽长相怪异,但眼神里却并无半点凶邪,相反它的体态慵懒、行动缓慢和不失活泼,反比家犬更惹人疼爱。吴理真将木棒举在半空,双眼紧闭,两行泪顺着脸颊落下来。他内心挣扎着,木棒跃跃欲试,却终不能落下去。

少顷,吴理真未再听见周围有响动,当是黑白怪已然逃离。他内心想,我是起意要杀它的,只是让它给逃脱了,逃了就逃了吧,总比命丧我手好些。于是睁开双眼,环顾四周,果然已无黑白怪身影。吴理真心里知道它已离去，顿时又怅然若失，惆怅片刻，便打算转身回家。他刚要转身，脚就碰到一个毛茸茸的的东西，俯身一看，正是黑白怪。幼貘眼睛紧闭，兽首微昂，趴在他脚边一动不动，俨然一副领命受死的样子。吴理真内心猛地一颤，心下想道："野兽尚且如此知理，何况人乎？因我于它有救命之恩，今日取它性命，它且懂救命之恩无以为报，而甘愿奉上性命。如此大义，若我真杀了它，且不是连禽兽也不如？"吴理真俯身蹲下，摸了摸幼貘的头，幼貘依然双目微闭，眼角却有泪痕，嘴里发出"呜呜"的轻鼾。吴理真叹了一口气，自言自语道：

"我只当你是一只难以寻见的怪兽，却不知你也如此通人性。知我欲加害于你，却不逃遁。其实，我又何尝想了结你性命啊。"说着，吴理真嘤嘤地又哭了起来。

他接着又道："但你我情谊，今日终是了结。家父因我而去，我不能再留你。此前我将这一切因果强加于你，故起杀心，殊不知一切因果皆有定数，我年虽幼，但现在也知道其中的道理了，你我本非同一世界，因我的贪念私心，牵强附会，囚你至今，终是得到了惩戒，只是苍天弄人，吾父怜子，才祸不至我。今日我们就该分别了，你回归丛林，我回家守孝，自此别离，再不相见，或许你明日就会被饿死，或者被别的猛兽吃掉，但那都是你的命数，我也不能再予干涉。"吴理真说完，长长叹了一口气。他就地坐下，将幼貔抱了起来，像往常一样，给它捋了捋毛发。此时，幼貔睁开了眼睛，它看着吴理真，眼神黯淡，凄凄可怜。

吴理真一边给它捋着毛发，一边看着它继续说道：

"或许你并不明白我所说的，但这都不重要。我再抱抱你，从此各安天命。"

吴理真抱着幼貔盘坐在地上，他抬头望向天空，像是有所思，天空一片湛蓝，没有风声，也没有鸟鸣，他感觉到整个大山就只有他和幼貔的存在，安静而沉寂，四周的空气充满了离别的萧索。约莫一刻钟的时间，他将幼貔放下，在这期间，幼貔也似乎感觉到吴理真内心的变化，它一直躺在吴理真怀里，任他抚摸，一动不动。或许幼貔和吴理真在某种程度上是通灵的，或从眼神、或从语气、或从肢体语言，彼此都能感知到对方的内心世界。吴理真将幼貔放在草丛堆上，神情黯淡地说道：

"你该走了，黑白怪。"

幼貔终于扭动了身子，往草丛深处迈了两步，而后慢吞吞地回过头来，看着吴理真，嘴里再次发出凄零而微弱的叫唤声。它总共叫了3声，声音很小，却像是用尽周身的力气。

幼貘每一次叫唤，它的身体都随之颤动。3声过后，幼貘不舍地回过头去，将头埋得很深，迈着内八字的脚步缓慢地走进了草丛深处，再也没有回来。吴理真凝视着它，直到黑白相间的小身影彻底消失在眼前。此时寂静的山上掠过一缕清风，风摇曳着阔叶林的树叶，凛凛作响。

5

吴理真将幼貘放生后，回到家里，披麻戴孝。邻里乡亲因平日受恩于吴氏，且见吴氏遗孀带着孩子，孤儿寡母，都自发前来帮着料理后事。此后更是对这对母子诸多关照，劈柴挑水、补漏翻瓦，不一而足。吴理真为尽孝道，也从私塾退学，虽先生多次挽留，但吴理真皆不为所动。吴理真说道：

"先生美意，理真自当铭记。但家父遭此不测，学生理应在家守孝，况家母体弱，更需要人照顾，理真心意已决，愿回家侍奉母亲，继承家父医技，勤加苦练，造福百里乡亲。"

先生感动于年纪尚小的吴理真竟如此重孝义，便不再勉强，由着他去了。

吴理真回家后，便挑起了家庭重担。

吴母自夫君去世，精神备受打击，身体每况愈下。吴家家境也一年不如一年。为贴补家用，吴理真孝期刚过，就上山打柴。吴理真赶集卖柴,邻里乡亲多会给这个身体瘦弱的少年几文钱,吴理真也不推辞,但心里却将恩惠于他的叔、伯、婶、姨,牢牢记住。吴理真想:"我现在确实没能力来回报乡亲,但滴水之恩当涌泉相报。待我成年,必当回报恩德!"此后,吴理真打柴,更加用心了,挑到集市上的柴,每一捆都利利索索、整整齐齐!

打柴的时候,吴理真经常会经过曾经喂养幼貔的地方。每过此处,都要驻足,内心不免惆怅。那幼貔渐渐离去的孤独身影总是在他脑海浮现,他一直记得幼貔回过头那最后3声竭尽全力的叫唤,像是哀求,却更像是诀别。只是日复一日,年复一年,吴理真无数次从这儿经过,杂草丛生的山坡早已被他踩出路来,却再未见过幼貔的身影。

或许,它已葬身虎口;又或许,它已离开此地了吧。吴理真想。

时光如梭,7年过去,吴理真已及弱冠之年。这7年,吴理真白天上山打柴,晚上在家专研父亲遗留下来的医书,已经逐渐可以对寻常病痛进行医治。不过,吴理真并未开门行医,他知道自己能力尚浅,不敢拿邻里乡亲的身体做实验,只是自己身体不好时,自开药方,好在往往都能治愈。

这日,吴理真从集市上换了米回来,见母亲斜坐在门槛上,

手里的篾条散落在脚下,一个尚未编织成型的簸箕也松散在门边。吴理真快步上前,将米丢在一旁,焦急地叫道:

"母亲,母亲!"

吴母面色全无,她努力睁开眼睛,气若游丝地说道:

"理真,为娘这是怎么了,我感觉自己没有一点力气,我刚才起身去拿篾条的时候,眼前泛黑,便坐了下来,坐下来,就再无力站起。"

吴理真神情凝重,他用手靠了靠吴母额头,起身将她扶起来,说道:

"母亲,孩儿扶您到床上休息。您头上并无烧热,恐是操劳过度又感染风热,加之体弱,导致经络聚瘀、气血不通。您先歇着,孩儿这就为您上山采药。"

吴理真将母亲安置妥当,便取下柴刀、挎了药篓、取了药锄,径直上了蒙山。时节正值8月,已进初秋,但山上仍然丛林覆盖,草木葳蕤。吴理真多年采药,知道母亲病症是风邪暑热所致,便直奔生长有连翘、荆芥穗的地方。或许因记挂卧病在床的母亲而心神不宁,吴理真找了半日,以往都能轻易挖到的几味草药,今日像是故意与他为难,终是寻不见。太阳偏西,地热上涌,吴理真又热又渴,内心更是焦急万分——

若黄昏之时再找不到这几味药,母亲的病情将会更加严重！

吴理真站在山腰，擦了擦脸上密布的汗水，朝着四周焦急地张望。这是蒙山38八峰其中一峰，吴理真家就在其山麓，20年来行居于此，也颇为熟悉。但此时，吴理真却对脚下的土地感觉到陌生，他看了看对面的山峰，突然有了立马过去试试运气的想法，不及思量，他已放开脚步向山下跑去。

待到达对面山腰，天色已经渐暗，一轮残阳在西边的山脊隐没了半个身子，眼看就要落下。吴理真全身已经湿透，但他来不及休息，他深知若太阳下山，不说地势不熟有坠落悬崖重蹈父亲覆辙的危险；单是夜色降临猛兽出没，他也许就将命丧于此。

想到这些，吴理真摸了身上的柴刀，便开始四处寻找荆芥穗和连翘。此时他已饥渴难耐，但上天并未带给他想要的幸运。吴理真约莫找寻了半个时辰，却依然一无所获。天色更暗了，像是有人在树林的顶部用麻布蒙上了一层，吴理真终于坚持不住，颇感体乏，顺势躺下。因为口渴，他随手从一棵树上捋下几片树叶塞进了嘴里咀嚼，吮其汁液。说来奇怪，咀嚼过后，吴理真顿感口舌生津，口渴渐止，困乏渐消。他颇感诧异，又摘下几片叶子咀嚼，顿时感觉精神倍增，力气渐苏。吴理真连忙坐起身，想看清楚这是什么树，无奈天色黯淡，只见此树高四尺有余，枝细叶茂，只是眼力已不能分辨出枝叶的形状颜色。吴理真大喜过望，适才自己明显已有暑热征兆，咀嚼树叶过后症状渐消，母亲症状与我类似，莫不是此叶亦能为母解病？连翘和荆芥穗也没采到，与其空手而回，倒不如采些树叶回去试上一试！不及多想，吴理真将树叶装了满满一篓，刚准备离去，又折了回去，用柴刀劈下一根枝丫，这才小心翼翼地向山下摸去。

回到家，母亲尚未醒来。吴理真来不及烧饭，将采下的树叶加水用药罐熬制，约莫小半个时辰，药罐里飘来沁人心脾的清香。于是除去炭火，将汁水倒出，盛于碗中，待汁水渐凉，这才唤醒母亲，服侍着她将这碗"药"喝了。吴母喝过"药"后，吴理真心里还是有少许的忐忑，他不敢确定这药是否对母亲有效，要是有效，那谢天谢地；要是无效，也但求母亲病情不再加重。吴理真坐在床边观察了母亲一刻钟，但见母亲安然睡去，这才放心。也没心思再去烧饭，躺回自己床上，倒头便睡了。

6

吴理真做了个梦。

他梦见童年时救下的那只幼貔，它还是那么小，它就在他的脚边,用祈求的目光看着他,他举着木棒的双手一直悬在半空。父亲远远站在一旁,面目慈祥,他高兴地跑过去,父亲说:"放它走吧,它的生死并非该由我们决定。"父亲摸着他的额头,就像每次他从私塾回到家父亲的举动那样……

吴理真醒来时,母亲正坐在他的床边,用手抚摸着他的额头。

他有些疲惫地睁开眼,忙坐起来说道:

"母亲,您醒了。"

吴理真看见母亲脸色虽不红润,却也神采奕奕。吴母慈祥地看着他,微笑道:

"吾儿,可辛苦了你。我已没有什么大碍,你继承了你父亲的医术,为娘真替你高兴。"

吴理真喜出望外,一下来了精神,忙从床上下得地来,激动地说:

"娘,您真的感觉痊愈了吗?"

吴母答道:"是,我现在并无半点不适!说来,还多亏了你那一碗灵丹妙药,我现在感觉比平时都还有精神呢!"

"灵丹妙药?噢,对了!"吴理真欣喜地看着母亲,这才想起带回的树枝来。他跑出去,来到柴房,仔细打量那一串树枝。这一截树枝枝节细长,树叶颜色为青、形似扁舟,吴理真摘下一片，细细揣摩，而后放入口中咀嚼，但觉味尾清香，随之口舌生津，汁液入腹后，沁人心脾，很是提神醒脑。吴理真惊道：

"母亲所言非虚，真乃妙药也！"

他大喜过望！

此后，吴理真再次找到那几棵树，又是细细研究了一番。遇到有乡亲患暑热，吴理真如法炮制，将树叶熬制成汤，赠与乡亲，亦都痊愈。平日里，吴理真也将熬制的汤药作开水饮用，以身试药，饮后也并无不适，且能提神醒脑。

但他又想，此树虽有神奇功效，却为野生，数量有限，何不将其驯化，人为种植，也算是回报乡亲们多年来对我的恩情。

接下来便是为此树命名了，据吴母说，此树因四季常青，故祖辈传下"万年青"的名字，但吴理真觉得万年青只是对其形貌的概括，不足以体现其本质。传说神农尝百草，日遇72毒，得茶而解之，此树此叶跟其类似，吴理真遂将其定名为茶。

为了采摘茶种籽，吴理真跑遍38蒙峰，他把茶籽捡回家，用沙土拌和后放入篾筐中，上面盖以谷草，使茶籽不致霉变和冻坏。一切做得妥当，他又回到茶树的生长处，观察那儿的天气、土壤、气候、日照、雨水，每日重复着相同的工作。一个春秋过去，吴理真已对茶树的生长环境有了全面了解。为了寻找到适合茶树生长的地方，吴理真寻遍蒙山上清、菱角、毗罗、井泉、甘露五峰，最后发现上清峰常年云雾环绕，其土壤、日照等皆与茶树生长处类似，于是选定此处，去林开垦、翻松土壤，又修造石屋以供休憩。

因有吴理真的全心照料，茶树籽在次年3月破土出芽，又过7月，茶树已高一尺。吴理真终年居于上清峰石屋，生活简朴，但每见茶树苗长得茁壮，便也觉得值了。

山上的秋天比山脚下来得要早，白露刚过，阴气便加重，山上的阔叶林已挡不住秋风的肆虐，大片大片的叶子，枯黄地铺满整个山坡，其他草木逐渐枯萎。整座山除了上清峰的针叶林不为所动，依然高耸外，皆已呈现出一派肃杀之气。吴理真担心所种茶树虽被称作"万年青"，但现在它们尚未长大，恐也难以抵挡这寒气来袭。

只是吴理真首年种茶，经验不足，他并不知道真正的危险其实并不在寒气渐浓。

7

这日，吴理真像往常一样，巡视他的茶园。巡至茶园东南角，吴理真大惊，但见最外一排茶树苗竟多被拦腰折断，其余树苗更惨，只剩根部还埋在土里。一眼望去，地上尽是残缺的茶树叶，狼藉不堪！吴理真傻眼了，愣愣地站在原地不知如何是好，他不知是何人出于何种目的要来破坏他注入全部心血的茶园。吴理真想，这么多年来他自问行事低调、恭谦，不曾开罪于任何人。今日之事，着实无法让他接受！

但事情终究是发生了，吴理真也没有办法让被破坏的茶树苗恢复原样，他能做的，就是避免类似的惨剧再次发生。当天，他砍伐了一些树木，简易地在茶园东南角搭建了一个窝棚，以防茶树苗再次受损。

吴理真再不敢掉以轻心地睡在石屋。夜晚临近，他最后巡视完茶园后，在窝棚住下，用了多年的柴刀，也放在了窝棚里顺手能拿到的地方。是夜，天空繁星密布，山上阒然无声，吴理真躺在窝棚内睡意全无，聚精会神地注意着外面的响动。但直至东方露白，外面都没有任何声响，他有些按捺不住，便起身提着柴刀，趁着天色微明，向外走去。

但这一夜，真真什么也没有发生。

吴理真连续在窝棚守了3夜，均是如此，茶园再未发生过茶树苗受损的事情。吴理真想："或许是山下某个放牛的牧童，没有注意，牛上得山来，才误踏了树苗。"这么想过，吴理真心里也便安稳多了。第4夜，便又睡回了石屋。

第5天，当吴理真见到眼前一幕的时候，他前日的猜想顿时被击溃。茶园紧挨东南角的边上再次出现树苗被践踏的事情，情况与上一次如出一辙——只有边上一排遭到损毁。

虽说吴理真也用栅栏对整个茶园进行了简单的围砌，但这个栅栏，看上去也只是象征意义的宣告"领土"，事实上并不能起到阻挡的作用。吴理真迈出栅栏，栅栏外依然一片狼藉，本是一人高的野草，像是被人睡过、滚过一样，整齐地倒向一边，草丛里几棵还未长大的茶树苗，也被弄得东倒西歪，像是有人在慌乱中不小心踩压到。吴理真气坏了，他坚信这两起事件定是人为！不然树苗怎会伤得如此整齐；不然怎会他一睡窝棚就没事，睡回石屋就出事呢？

找到这个规律，愤怒的吴理真决定略施小计，找出元凶。

接下来3个晚上，吴理真再次住在窝棚。果不出其所料，茶园都相安无事。

第4个晚上，吴理真觉得时机到了，他决定在石屋佯装睡觉，然后一探究竟。

当天夜里，月朗星稀。月光像曼柔的轻纱一样从天上泄下来。上清峰的夜晚，在这一层皎洁的轻纱下，显得更加诡秘而静谧。吴理真躲在石屋里有些紧张，可能由于天气变得更凉了,他不由得打了几个哆嗦。待到亥时,吴理真觉得时候差不多了,便一手拿着事先准备的木棒,一手提着柴刀,悄悄地摸出了门,猫着腰朝茶园走去。通过上两次观察,吴理真发现,两次茶园出事,均发生在东面周围。茶园西面是山崖,北面是吴理真所住的石屋,只有东面和南面临山坡,也就是说,也只有这两面能进茶园!吴理真断定,若今晚那人来犯事,必然会选择这两个方向,于是他趁着月色,溜到了茶园的东南方向,在事先准备好的草堆里埋下身子,静待"猎物"的到来。

借着淡淡的月光,吴理真全神贯注地盯着茶园山坡方向,不敢有一丝懈怠。过了一会儿,像是有一阵微风拂过,打破了骇人的宁静,茶园树叶微有沙沙声,吴理真再次提高警惕,使劲握了握手里的柴刀。微弱的沙沙声先是从茶园传来,但随后就没有了,像是风过去了,茶园再次回归寂静。吴理真有些好奇,他想这个声音过去了是不是应该起身去看看情况。正当他准备起身时,突然山坡处再次传来声音,而这个声音定不是风吹树叶,因为此时并未起风。

吴理真连忙俯下身子,虽然他已经躲藏得足够好。

声音越来越近。吴理真判断出来了,这声音是有东西从草丛路过发出的,听声音频次和大小,他感觉到来者必是庞然大物。吴理真心跳加速，难免有些紧张，他预感到今晚将会有一场保卫茶园的战斗。想到这，他深吸一口气，慢慢地吐出来。

8

月光越发皎洁，就着朦胧的雾气，映射在茶树叶上，使树叶泛着点点白光，冰寒至极。声音从南面山坡由远至近，吴理真盯着这个方向眼睛都不敢眨一下。这时，声音的发出者终于现身，吴理真看到类似骏马形状的动物从坡下一跃而起，在月光中划出一道有力的弧线，然后稳稳地落在了茶园园地里，但该兽相比骏马又略小，且头上长着一对长角，角又分叉，像树枝一样散发开来。角兽站在园地，警觉地四周打望一圈，它打望时，头部转动，身子却纹丝不动。这种打望持续了片刻，角兽突然转过身，面向山坡，噗嗤地出着长气，吴理真还来不及猜想，三道弧线快速地从他眼前划过，然后依然稳重地落在茶园。

难怪声音这么大，原来是四只角兽！吴理真暗忖。

见是动物，吴理真便没那么紧张了。他担心的是人，若是有人前来蓄意破坏，今晚定是一场血斗。但他依然未放松警惕，这四只角兽，他从未见过，不知其兽性，他想起那只幼年救下的幼貔,当初所见亦是憨态,却听闻父亲讲解才知其乃古时凶兽,可见凡事凡物均不能以貌定之。吴理真不动声色,按兵不动,此时敌在明他在暗,他还需进一步观察。

四只角兽落稳后,目不斜视地健步踏入茶园,然后一字排开,立于茶苗、茶树跟前,像是训练有素的士兵。吴理真看着眼前一幕,心里不免有些打鼓,他熟知世人有列队布阵,却从未见过动物在毫无语言沟通和交流的情况下,已能自觉列队成形,他想象不出这些角兽还有什么隐藏的技能。

角兽一字排开后,便开始啃噬茶苗,动作整齐划一,连咀嚼的声音都是同步的。见角兽开始践踏他的心血,吴理真也不管面前角兽到底是否凶狠,刚才还理性地要观察一二的心态顿时烟消云散,他心疼得再也按捺不住,从草堆里一跃而起,举着柴刀和木棒,径直向角兽冲了过去。

四只角兽显然被突如其来的意外吓了一跳,惊诧地跳出丈远,但很快便镇定下来。它们见吴理真杀气腾腾地冲过来,于是兽首低俯,作出防御的样子。吴理真本以为他从草堆里跳出来,又提着木棒和柴刀,定会使角兽受惊而逃,哪知四只角兽只是本能地跳开丈远,并没有被吓住要逃的意思。他冲到离角兽两丈远的位置停下,怒目横对,挥舞着手里的柴刀,嘴里发出恐吓的吼叫。

他不敢贸然上前。

角兽低俯着头，用尖锐的兽角对着吴理真，未有屈服之意，鼻子里发出"噗嗤"的声音。吴理真与之对峙，继续挥舞柴刀、木棒，作出跃跃欲试要上前的意思。对峙片刻，站在前面的角兽前蹄敲地，三下过后，突然猛地向吴理真冲过来，兽角在月光下泛着银光，像是两支锋利的戟。吴理真大惊失色，他完全没预料到角兽居然主动发起进攻，忙一个退步侧身，这才惊险地避开了角兽冲撞，他心想幸亏反应还算及时，若躲闪不及，那锋利的兽角便要插进他身体，怕是凶多吉少了。

今晚虽所遇非人，但一场血斗也是在所难免了。吴理真躲过角兽冲撞后，心中暗忖。他再回头看其他3只角兽，它们若无其事地一字排开，站在原地。但吴理真能感受到，它们正敏锐地观察着眼前的战局。

角兽首攻失利，调转身体，再次将兽角对准吴理真。吴理真担心背后遭其余3只角兽暗算，侧着身子又退了两步，身子侧倾，左手拿棒，对着一头的角兽；右手拿刀，对着另一头3只角兽。吴理真此时已做好防御，他知道只要刚才那只角兽再冲过来时，他适当闪避，保证自己不受伤，保持好他对角兽的攻击范围，就能对角兽用木棒发起一击，到时候角兽定会因速度太快转不了向，从而难逃被爆头的命运！想到这，吴理真调整了下身姿，将力气全部集中到左手。

角兽正如吴理真所料，铆足了劲儿向他再次发动进攻。

吴理真等着这关键时刻的到来。

但角兽却像是洞悉了吴理真的计谋，它并没直突突地冲撞他，而是到达吴理真面前的时候，微调身躯，这是吴理真没有想到的。但此时吴理真已经全然按照刚才的计划，本能地挥出了木棒。

理所当然地，木棒并未击中角兽头部。

而就在吴理真木棒出手的空当，另一侧的3只角兽却同时低俯着头向他冲了过来，吴理真在惊慌中看到的，是那6支冒着寒光的铁戟！

由于惯性使然，吴理真已经无法收回现在出击的动作，这次出击完全是上了角兽诱敌的当，使他短暂时间内丧失了再次调整身姿组织进攻的机会，而其余3只角兽已与他近在咫尺——狡诈，这畜生比人都还狡诈！一想到这，吴理真冷汗直冒。

吾命休矣！吴理真内心不免叫道。

纵然如此，他也要做出最后一搏。吴理真艰难地调整身体平衡，尽最大努力将右手柴刀举起来，能砍杀掉其中一只也算是败中求胜了。其余3只角兽已冲至跟前，在失去平衡的情况下，吴理真借着朦胧的月光，最后挥舞着柴刀，而他自己已经快要倒地。

"哐"的一声，吴理真顿时虎口发麻，柴刀与右边第一只角兽的兽角相碰，整齐地将一只兽角从根部砍断，而他手上的柴刀也被强大的冲击力撞飞出去。吴理真终于失去平衡，重重地摔在了地上。

虽然倒地，吴理真却暗自庆幸——他总算是逃过一劫。如不是他尽力调整了身姿，想必此时他已被兽角穿心而死！

但这种庆幸很快变成了覆灭的前奏。

首先发起冲撞的那只角兽，此时早已站在离他三丈开外，注视着这一切，吴理真倒地前，它已迅速再次发起了攻击——似乎它等待的就是这一刻，等待着吴理真完全没有再还手的可能，吴理真一旦倒地便是"人为刀俎我为鱼肉"了，他就再没有反抗的余地。等到吴理真醒悟过来，为时已晚，刚才还庆幸逃过一劫的他，再次陷入绝境，他已再无对策。吴理真看到明晃晃的兽角贴着地平面迅速向他射来，就知道这次劫数难逃，也就不再挣扎，索性闭上眼睛，等待死神的降临。

9

战斗的时候，时间很快，稍不留神，战机就遗失了。等死的时候，时间很慢，仿佛全世界都被月光冻结，以至于吴理真头脑里想到了很多事。他想到了自己年迈的母亲，想到了自己为茶园付出的血汗，这些事像风一样从他脑海掠过。

他就要死在这几只野蛮、狡诈的角兽手里了。这个事或许要不了两天，就会被乡亲们知晓，从他尸体伤口和那支被他砍掉遗落在地上的兽角，乡亲们一定能推测出他的死因。但是他们一定不知道，他在那天晚上是和什么样的动物进行了一场匪夷所思的对决，这些角兽，它们岂止是动物，它们完全是一群懂得排兵布阵、懂战术、懂策略的人，不，甚至比人还要阴险。是的，就算他死后托梦，乡亲们也一定不会相信的。

吴理真紧闭双眼，静静地等待着死亡的来临。

"砰"地一声！致命的撞击终究是来了。吴理真听见了沉闷的声音，这个声音足以使他筋骨尽断，或许是因为猛烈的撞击导致了身体的瞬间麻木，就像听说被腰斩的人，要过一会儿才意识到自己已分成了两节，吴理真在听到"砰"的一声后，并未感觉到疼痛。

原来死，并不是一件痛苦的事。

但步入死亡的过程也实在太漫长了，从"砰"的一声到现在，吴理真又将短暂的人生闪电似的回顾了一遍。他闭着眼等待地狱的召唤，却仍不见自己有些许不一样的感受——他躺在地上，甚至感觉到舒适。吴理真有些诧异，疑惑地睁开眼，他并没有到另一个世界，眼前一幕跟"生前"别无二致，月光还是那样皎洁，山气还是那么朦胧。唯一不一样的，是撞向他的那只角兽此时已奄奄一息，它就倒在他的脚边，四肢不住地抽搐。

吴理真大吃一惊，忙坐起身，自己在身上摸了摸——安然无恙！

吴理真惊慌地向四周望去，只见不远处其余3只角兽，围着一团白晃晃的影子转圈，气氛显得有些紧张。吴理真明白过来，刚才自己等死的片刻，不是角兽撞在了自己身体上，而是在他即将毙命的一刹那，角兽被这团白晃晃的影子袭击了。换言之，千钧一发之际，他被这团白影救了下来。

见3只角兽安插在头上的5把铁戟正围着白影转圈，形势异常危急，吴理真也来不及想救他之"人"是敌是友，他摸起手边的柴刀，一跃而起，顺势朝3只角兽扑去。但刚跑了几步，吴理真又停了下来，此时3只角兽向围在中央的白影已发起进攻，吴理真停下来并不是因为胆怯，而是眼前一幕实在让他感到不可思议。只见5把铁戟在寒光中从3个方向齐刷刷地向白影刺去，换作是他吴理真，抑或是任何一个身形灵敏的人，都铁定躲不过这严密而整齐的进攻，就算躲开正面的尖刺，也无法在同一时间避开身后的暗箭。一想到白影将变得千疮百孔，吴理真就捏了一把汗。但接下来的一幕，着实让吴理真忘记了自己在复仇，也全然忘记了自己要去解围报救命之恩。他愣在原地，只见在角兽发起围攻那一瞬间，那团白影突然紧缩身子，变成一个圆滚滚的球体，然后精准地从被吴理真削掉一支兽角的那个缺口滚了出来。白影滚出来，迅速伸展身体，立于兽后，尔后身子前倾顺势扑在角兽后腿上，还不等角兽回头，只听"嘎嘣"一声，角兽发出惨绝人寰的惨叫。原来角兽右后腿关节以下已被白影硬生生撕咬下来，角兽轰然倒地。但白影并未借着有利局势了结受伤角兽的性命，而是马上前掌触地，以极快速度撞向另一只角兽，那只角兽来不及反应，已被撞得滚下了山坡。

剩下一只角兽见顷刻之间同行三兽死的死、伤的伤，此时再无杀气。它身子作防御状后退了三步，在望了望白影身后一死一伤两只角兽并发出一声哀鸣后，择路而逃！

吴理真被眼前这一幕惊呆了，还不到一炷香的时间，4只角兽就已全部被清理干净，一想到刚才那4只角兽的凶猛残暴和狡诈多谋，就连人类战场上的将士都难以企及，而这刹那之间就被眼前这个模糊的白色身影打得落花流水。

吴理真无法想象这白影的战斗力有多强。

而当吴理真再想到刚才那白色身影咬下角兽后腿的血腥场面时，内心不免发憷！是的，角兽的威胁已然被清除，而眼前的威胁似乎比角兽还要巨大，如果这团白影并非救他，而只是由于其好斗呢？现在要是它回过头取他性命，相较前面那4只角兽，将更加易如反掌！吴理真紧握手中柴刀，站在那儿一动不动，他无法预知接下来将发生什么。面前这白色身影强大的气场使他胆颤！

10

借着月光，吴理真努力分辨这团白影的形状。它似熊非熊，体态臃肿，但月光朦胧，雾气渐盛，吴理真无法全然看清其面貌。万籁俱寂，寂静得让人害怕，本来吴理真并不应该害怕，因为就在一炷香不到的时间之前，他已被迫对生命绝望，只等一死，只是当白影出现，活下来的希望又被重新点燃。而希望一旦从绝望中意外获取，要再夺去它，就远比第一次失去的时候难舍得多了。如果早晚都是要死，枭首总比炮烙好。吴理真现在无法判断眼前的白影究竟是带给了他生的希望还是死的折磨，他内心忐忑地站在原地，等待着那团白影转身，也等待着它的最后发落！

那团白色影子转过身，若无其事地坐在地上，动作缓慢得完全无法与刚才解决角兽的它联系起来。它并没有向吴理真走来的意思，而是上下打量了吴理真一番。吴理真有些懵，他实在想象不出这个白色的身影想要干什么，它要么应该解决战斗后满足地离开，要么像个好战分子继续向他发起攻击。但是它却慢慢悠悠地坐了下来，是那么若无其事，这实在太不合常理了。吴理真不敢造次，但手里握着的柴刀却不敢有丝毫的松懈。

那团白影就那样坐着，吴理真也就那样站着，谁也没有动一下的意思。场面气氛虽然已没有刚才紧张，但始终感觉有些别扭。这样僵持了一会儿，白影突然起身，它有些慵懒地晃了晃脑袋，然后转过身，慢慢朝山坡走去。吴理真依然站在原地，就这样目送它离开，白影走到草丛边，突然停住脚步。吴理真又是紧张地一愣，只见那团白影回过头，看着吴理真，然后不紧不慢地叫唤了3声。它的声音并不雄浑洪亮，甚至可以说微弱细长，每一声叫唤，都伴随着身体的颤动，像是使出了浑身的劲。

吴理真突然觉得这个叫声似曾相识，这个场景也仿佛经历过，但就是想不起在什么时候什么地方。白影3声过后，再次转过身，扭着屁股，缓慢地消失在草丛深处。

当天夜里，吴理真回到石屋后内心久久不能平静，他刚从鬼门关走了一遭，整个人还沉浸在恐慌当中。他知道自己侥幸逃过一劫全靠那团白影相助，虽然那白影撕掉角兽后腿那凶残的一幕还历历在目，但毕竟它救了他的命，因此吴理真不由得内心对它又有了几丝感激之情。想到这团白影，吴理真总觉得有些熟悉，它就像比角兽还要通人性，战斗结束后它面向他席地而坐，没有任何动作，却像是在与他进行无声的交流。重要的是，吴理真对这种"交流"并不感到陌生，相反还感到莫名的熟悉。战斗中，那团白影一直闷不做声，目标明确、手段高明，且出击快、准、狠，就像是一个训练有素的战士。但战斗之后，它却全然换了一副面孔，杀气荡然无存，甚至卸下所有防御与吴理真这个"战友"一道享受胜利的喜悦，吴理真越想越不明白。

让他更不明白的是，若是"战友"，它却并没有靠近他，这说明彼此间依然存在一种抵御的成分；若是敌人，它临走之时又为何转身向他叫唤几声，虽然吴理真听不懂动物的语言，但这个叫唤声定也不是挑衅和防御的意思。想到那团白影的叫声，吴理真越发感觉到熟悉，像是一个答案即将破门而出，却屡屡找不到门的具体位置。约莫又过了一个时辰，天至三更，吴理真终于困意来袭，迷糊地睡了过去。

睡梦中，他看见一个巨大的白色身影向他走来，然后匍匐在他的脚下，而他的手里依然握着那支驱兽的木棒，木棒举在半空中眼看就要落下，他嘴里一直絮絮叨叨。以为还在与角兽战斗，但四周除了他与白影，并无其他活物。

吴理真猛然惊醒！

"黑白怪！"他"腾"地坐起身，大声叫道。

是它，一定是它！

吴理真忙从石床上爬了起来，借着月光向外面跑去，待他回到黑白怪转身离去的地方，除了山间虫鸣和夜风习习，哪还有什么黑白怪，一切都寂静得出奇，就像是这个夜晚所发生的事到目前为止依然是一个梦境，吴理真还来不及醒过来一样……

11

这件事过后，吴理真的茶园再未受到侵袭。说来也怪，自此以后，茶园的茶树苗长势喜人，两个月不到已经长到近七尺，像是冥冥中自有天佑。在这期间，吴理真心里又多了一分牵挂，他深信当夜救他的就是那只被他放逐的幼貔黑白怪，它没有死，并且已经长得如此健壮，它就在他的身边从未离去。吴理真开始注意茶园附近一切细微的变化，但是遗憾的是，他再未发现过黑白怪的踪影。

次年阳春，吴理真的茶树发了新芽。他将新芽摘下，烘干储存，每遇乡亲微疾，便取出些许，辅以生姜熬制汤药，供乡亲饮服，往往能使乡亲解乏提神，祛毒醒脑。为报答乡亲对他父亲离世后的相助之恩，吴理真更加苦读医书，两年过去，他已医术精湛，名声渐起，慕名而来的求医者，络绎不绝。之后，吴理真更是潜心研究汤石之剂，自称"甘露道人"，常年生活于蒙山五峰。念及貔貅救命之恩，也念于它暗中保护茶园，吴理真又按7星阵列在山峰凹地种植7株茶树，7株茶树叶细而长，味甘而清，色黄而碧，酌杯中香云蒙覆其上，凝结不散，被吴理真视为珍物。

那只貔貅，吴理真始终没有再遇见。

但他心里清楚它就在他的周围，虽未相遇，但心却相通，吴理真知道它的世界不能与人类有过多交集，一如他幼年时期与貔貅的相遇和相克，它只有在它的世界，才能得到自由，也只有在它的世界才能与吴理真和谐共生。或许貔貅救他那个夜晚就已悟出其中的道理，否则又岂会离别多年重逢而不相认呢？吴理真想到这里，顿觉貔貅的智慧远大于他，当其还是幼貔时就已知道救命之恩当以死报之，那时候吴理真受貔貅点化，顿悟了一次。如今貔貅再次点化他世间万物和谐共生的道理，让吴理真再次受到启发。三人行必有我师，一只涅槃重生的鹰或是一匹能识归途的老马，都能成为人的老师，教人不同的知识，更何况是这只智慧与勇气并存的上古神兽。吴理真内心面对这只貔貅，已从儿时的"玩物"、现在的救命恩人上升为神圣的传道者，是的，貔貅护茶卫道，也让吴理真在思想认知上有了很大的跨越。

念于此，吴理真于蒙峰之顶设坛，持以香火，真诚地奉貔貅为茶灵。貔貅既不能与人共生于同一世界，那就祈求于它平行于人类的异次元空间守护茶道真谛，并自此世代传承。

第一章 廉

12

异次元空间，隐逸村。

隐逸村虽然名字听上去像是世外桃源，鲜有人问津，但事实上并不是这样。这是一个熊猫部落，但是在公元1269年，熊猫依然不叫熊猫，也不叫貔貅，只是便于描述，方这么称呼罢了。隐逸村坐落于蒙山脚下，翠竹长青，山清水秀，熊猫村村民以种茶为生。因蒙山之茶味甘而清，被皇家定为贡茶，故隐逸村并不像它的名字般神秘，相反，这个村落因茶出名，在饮茶风潮"兴于晚唐、盛于两宋"之际，加之《旧唐书·李珏传》所述其时百姓生活"茶为食物，无异米盐"，鉴于此，各地茶商多汇聚该地，每至年之春秋，采茶人忙碌于上山择芽，制茶人则在隐逸村制作时下流行的饼茶、散茶，贩茶人则多暂居于村上茶肆，等待成品茶出炉。

"日午独觉无余生，山童隔竹敲茶臼。"

一时间隐逸村人来人往，络绎不绝。

宋时经济开明，商业如雨后春笋般空前发展，加之饮茶之风盛行，更是助推了茶肆的林立。隐逸村作为重要的茶叶输出地，茶肆规模更是首屈一指，而村里最大的茶肆当属族长笠清所设。笠清族长的茶肆，前后翠竹成荫，竹楼竹墙、竹门竹窗，再辅以竹叶盖制的房顶，上下两层伫立于村落后沿，古香古色。每当山气氤氲，朦胧盖罩，茶肆若隐若现，别具一格。和隐逸村一样，看似宁静致远的笠清茶肆，也并不是想象那般清幽，这里汇聚三教九流，鱼龙混杂。常言道，卖石灰的看不惯卖面粉的，更何况聚集于此的都是冲着茶来，谁都想以最低的价格收到最好的饼茶、散茶。于是乎茶肆里明争暗斗、同行竞争之事时有发生。但茶亦有道，能否以最小的成本得到最优质的茶成品，都要看个人造化，笠清族长设茶肆之初就定下规矩——同行相争，勿动刀枪，以茶会友，皆守其道。通俗地说，是商业，就是竞争行为，这在所难免，但都是做茶生意的常客，就应当按照茶的清淡平适品行斗之。

斗茶，分为文斗与武斗。文斗者，即各自献出所藏名茶，茶肆驻客轮流品尝，以决胜负，所斗内容包括茶叶的色相、芳香度，茶汤香醇度以及茶具的优劣，煮水火候的缓急以及举杯品茗感悟深度等等，斗茶要经过集体品评，以俱臻上乘者为胜。武斗者，即展现自身功夫茶艺水平。蒙山在川，川人善茶，来川取茶者，也需要具备扎实的茶艺功夫，谈诗聆曲品茗论剑，身无佩剑，以长壶代之。武斗时，执壶行茶中举手投足种种形态,需命名招式,如"苏秦背剑""高山流水",斗茶者讲究汤不外溢、气定神闲,壶剑在手、英姿勃发,剑壶融合、相得益彰,而招式新颖且难度大、斗时行云流水者胜。

笠清族长不反对茶肆内斗茶,却也并不组织。每遇斗茶,笠清族长总是杵着竹篙站在茶肆楼上观看,表情严肃而认真,倒是他茶肆的伙计阿木,对此饶有兴致。由于蒙山贡茶声名远播,笠清族长的茶肆蜚声中原,渐渐地,茶肆已经不再是一个茶客或茶人贸易、取茶的栖息地,它逐渐成了茶界高手要扬名的比试圣地,一如剑客比剑于华山、豪杰逐鹿于少林。按理说,笠清族长完全可以凭借自身的优势扩大店面,让其更加发挥它"比茶圣地"的作用,凸显它的神圣。但让人捉摸不透的是,笠清族长并未听取族人的这个建议,而是继续一如既往清淡地经营着这间茶肆。如果说笠清族长亦有妥协,恐怕就是终于将自己的茶肆进行了命名。被命名的茶肆并没有一个响亮的名字,甚至连具有一定意义都谈不上,因为它在族人充分请愿,笠清族长思索一晚上后,就被挂了出来。那天晚上,笠清族长在青灯苦烛下,用笔墨在一块用竹篾拼接起来的"牌匾"上飞快地写了4个字——笠清茶肆!

这算什么事?村民们大惑不解!

笠清族长未做回应,只让茶肆伙计阿木在第二天将一副对联挂在了牌匾两侧。

上联书：

青箬笠，绿蓑衣，淡拨斜风细雨

下联书：

三皇地，五峰岭，清扬明道正迹

村民更是不解，私下问伙计阿木。阿木挠了挠脑袋说道："族长好像说，该来的终究是要来了。这个，我也不知道是什么意思。"

13

伙计阿木是个孤儿。

隐逸村的熊猫村民在一次上山采茶的路边发现了他，那时候他尚未睁眼，奄奄一息。村民们把他带回来交给族长，笠清族长又将阿木交给柴房未有生育的厨娘。厨娘没读过书，整日与柴火为生，就给他取名阿木，从此阿木就在族长家生活了下来，上山打柴、洗衣烧饭，帮助养母做一些杂事，闲暇之余也去笠清族长那儿听候差遣，直至长大。可能是阿木的名字取得不够好，他总是显得笨拙、木讷，反应也总是比常人要慢半拍，比如笠清族长召集村民挖竹笋，都是同样大的竹背篓，和他同样大的伙伴已经装满背篓的时候，阿木还在全神贯注地挖第三颗,挖得慢倒不是因为阿木懒,事实上他是最卖力的一个。原因在于,在阿木看来,整个竹林能挖的竹笋实在太少,要不是已经长老,要不就是笋壳太厚肉薄汁少,总觉得挖任何一个都不合适。由于阿木效率实在太低,笠清族长不得不让他继续干回老本行——打柴挑水。阿木知道自己笨,对笠清族长的安排倒也没什么怨言,但是不久后,阿木还是找到族长说可能打柴这活儿他也干不了了。

笠清族长问道:"那你还能干啥?"

阿木道:"啥都成,但是不打柴了,我怕大小姐。"

笠清族长有一个女儿,名唤紫菱,年纪比阿木小3岁,生得水灵。族长对其宠爱有加,视作掌上明珠。因为父亲的疼爱,紫菱并不像其他同龄女孩那样深居简出、待字香闺,她活泼好动,生性烂漫,请的读书先生换了一批又一批,也不见其对《女诫》《内训》读懂了多少,自从阿木被族长安排干回老本行后,她就时常跑到后院去找阿木,让阿木打柴的时候也带她上山,阿木苦不堪言。阿木倒不是真的内心不愿意带紫菱上山,话说回来,有个伙伴也可以打发无聊,但阿木的不敢在于,要跟他上山的是大小姐,族长的千金。山上豺狼虎豹时有出没,要是紫菱有个什么闪失,阿木就是有10条命也是赔不起的,再说了族长千金陪着家里的长工上山打柴，这传出去成何体统？

笠清族长听阿木道了原委，皱了皱眉头道："紫菱若是还有这样荒唐之举，你大可到前堂来禀告于我。"

阿木有些难为情："族长，这……，那……，我那……"

阿木一时语塞，支支吾吾，有些手足无措。

笠清族长上下打量了一下阿木，见阿木体态憨厚，已有成年熊猫大小，只是目光中并没有显现出多少灵性，于是想了想道：

"紫菱生性顽劣，你若实在难以招架，就给你换个差事吧。"

阿木忙听完忙退后两步，双手摇晃着急忙说道：

"不不不，族长，大小姐，大小姐她是个好人。我继续打柴便是，我向您禀报便是。"

笠清族长严肃说道："我说给你换个差事你也觉不妥，又要同意继续打柴，既是这样，又为何要向老夫诉苦？你道此原委，既不是想换差事，又不是真正要状告紫菱，那只能是旁敲侧击说老夫教子无方咯？"

阿木吓得忙俯首作揖，说道："阿木一受族长救命之恩，二受族长养育之恩，岂敢有此大不道行径。阿木禀陈此事，一怕大小姐随了阿木上山坏了大小姐名声，二则阿木知情不禀，实为不忠不孝。"

笠清族长见阿木慌张的样子，突然哈哈大笑，说道："看你说话条理清晰，也不完全是块木头嘛，要知道，男子汉做事应当果断，言行一致，是怎么想的就怎么说，绝不拖泥带水，或将就一二。阿木，虽然你脑子有时候反应慢了点，但为人敦厚，切不可学着他人那般说话藏着掖着，话里有话。"

阿木诚恳地回答道："族长点拨的是，阿木记住了。"

笠清族长："方才老夫说要给你换一份差事，倒不是真因为紫菱要陪你上山打柴，而是老夫觉着你已经长大，该见一见世面了。以前紫菱念书，老夫让你陪同左右，亦是要你能识字断句。你虽非我族人，但既然来了，便是缘分所致，都是命里的造化。"

见阿木悉心听着，笠清族长接着继续说道："明日起，你便到茶肆帮忙，做个伙计吧。茶肆虽小，但万象皆罗。你虽做着端茶倒水的简单事务，但端茶倒水亦有学问，要眼观六路、耳听八方。要你去，一是要磨磨你的愚钝；二是有重要事情要你去办，此事关系甚大，日后你便会知晓。"

阿木听后，忙再次俯首作揖道："谢谢族长栽培，阿木定当全力以赴，不负厚望。"

笠清族长大笑道："让你做个伙计，还成厚望了？"说罢，大笑着转身离去。

14

在茶肆当伙计前,阿木整日割草打柴,与草木为伴,鲜有机会接触到茶。到了茶肆,阿木顿觉到了另一个世界,在这里来来去去的人总会带来许多新鲜的资讯和话题。有的说,听说二次元空间又起了动荡,大宋的盛世已经土崩瓦解,一去不复返,现在的朝代是有史以来最为羸弱的,华夏文明已经被北方游牧民族践踏,新朝已偏安江南一隅,岌岌可危了。有的说,但新朝皇帝比以往任何一个朝代都要开明,听说京都临安确实是一个不夜城,有人赋诗道"暖风熏得游人醉,直把杭州作汴州"。有的又说,听说东海之隔的倭国已经不派"遣唐使"很久了,据说是因为新朝羸弱,他们怕近日向大宋称臣,他日大宋消亡后果难当。有的还说,听说倭国也是朝政动荡,内战不止,所以才无暇遣宋。

阿木起初听某一桌茶客闲聊,总是忘乎所以,忘记给其他茶客添茶,以至于茶客们怨声不断,说伙计阿木真是个榆木脑袋。每当此时,阿木总是抱歉地憨笑,然后悉心为茶客添茶。阿木走神,这也怪不得他,外面的世界对他来说实在太陌生也太具有诱惑力了。阿木自小与养母生活,在他的交际圈子,除了养母就是族长,除了偶尔为难他的大小姐就是唯一的伙伴猕猴胡子。现在想来也是惭愧,竟然无一多余"朋友"。

有朋自远方来不亦乐乎。

阿木打心底把这些不认识的、来自五湖四海的茶人商客视作朋友，听他们讲外面的奇闻异事。更重要的是，阿木逐渐从这些茶人身上发现了自己真正喜欢的东西，那便是茶。用笠清族长在阿木第一天当茶肆伙计时候的话说就是，茶者，草木人间，你终日与草木为伴，混迹草木之间，已然潜移默化地接受了它们的灵气，自此以后，你的生活当是有新的开端了。阿木也倒是有心，对茶道凡有不懂之处，均向茶肆茶客请教，往往还刨根问底，问得茶客也不知所以然，好在茶肆人多，不乏有懂茶的先生，一人不得解，自有解答人。日子稍长，阿木对茶的知识已然精进，不但如此，茶肆打烊之后，阿木回到柴房，坐在养母的灶前借助灶膛火光潜心研读陆羽的《茶经》、黄儒的《品茶要录》，乐此不疲。说来也奇怪，在茶肆打杂当伙计才不出5日，平时身形笨拙的他只要一摸到茶壶，就像摸到柴刀一样熟悉，凡是关于掺茶倒水的要领，别人一讲就通，无须二遍。

这日，阿木坐于灶前正背诵《茶经·三之造》至"茶有千万状，鲁莽而言，如胡人靴者，蹙缩然；犎牛臆者，廉襜然"，突然被一阵急促的叫喊声打断，阿木从灶台窗口往外望去，只见好友猕猴胡子从槐树上火急火燎地窜了下来，然后落地两跳，便到了阿木的窗前。还不等阿木开口，猕猴胡子就已先说话，他焦急道："都出大事儿啦！你还有心在这读圣贤之书！"

阿木不紧不慢地问道："胡子，什么大事？"

猕猴胡子说道："大小姐不见了！这算不算大事？"

阿木吃了一惊，道："大小姐怎么会不见了？"

猕猴胡子道："还不是因为你！"

阿木道："因为我？此话从何说起？"

猕猴胡子道："能不能别这么磨叽，信不信我把书给你扔了，文绉绉的烦死了。"

见阿木低头又看了看手头的书，猕猴胡子更加着急了，道："还磨蹭什么啊，跟我走吧，路上给你说！"

阿木似乎这才从猕猴胡子的话里面反应过来，忙将书放在柴堆上，说道："噢。那咱们快走！"说着才慌张地跟在猕猴胡子的后面出门了。

原来，当日紫菱正准备外出，恰好与笠清族长撞个正着，笠清族长不允，责备紫菱已经二八年华，不应该再抛头露面。紫菱气不过，与父亲争论为何女孩子就不能抛头露面。宗教礼数是人写的，又不是熊猫家族写的，为什么要死死遵循？

笠清族长便将紫菱要求同阿木上山打柴一事拿来做文章,说紫菱全然不顾忌自己形象,阿木虽然是在家里长大,但毕竟男女有别,大小姐与茶肆伙计上山打柴,传出去族长家的颜面何存?紫菱说族长不提阿木还好,一提就来气,居然会打小报告,以至于父亲今日要将其禁足。笠清族长生平第一次向紫菱大发雷霆,说她冥顽不灵,自己的过错还要迁怒于他人,往日对她百般溺爱,竟助长她叛逆不羁的性格,说完下意识抬手作势要打。紫菱见父亲抬手,知道父亲真的动怒了,自小到大父亲从未以这种严肃的状态呵斥过她,一时心里委屈,便夺门而出。

紫菱从家里跑出来,委屈难耐,找到猕猴胡子哭诉了一番,然后说自己要一个人走走,也不再让猕猴胡子跟着。猕猴胡子想着女孩子长大了,有点小心思也再正常不过,等她气消了、肚饿了也就乖乖回家了。但是一直到晚上,笠清族长找到猕猴胡子问有没有见过紫菱,猕猴胡子才意识到问题的严重性。

紫菱没有回家。

15

天色渐晚,隐逸村却一点也不安宁,熊猫族人们按照笠清族长的安排,四处分头寻找紫菱,呼唤声此起彼伏,在隐逸村上空经久不息。猕猴胡子拉着阿木一边跑一边讲了紫菱失踪的原委,阿木想了想道:"要不我们上山去看看,大小姐一直想上山去,族长又不允,我想她自个儿会不会跑到山上去了?"

猕猴胡子说道:"那事不宜迟,如果紫菱真上了蒙山,天黑了那就麻烦了!"

说着两人转身朝蒙山跑去。

阿木跑了一段路,累得气喘吁吁,逐渐跟不上猕猴胡子的脚步。猕猴胡子有些埋怨地说道:"叫你平时多锻炼,你看你长得越发膀大腰圆,跟个球似的了,你让我见识下你的速度好不?"

阿木吐着舌头说道:"这能怪我吗?我们又不是猴子,天生就长这样。"

猕猴胡子说道:"哎,你看你!等你爬上山,天都黑了。要不这样,你在后面仔细搜寻,我先在前路查探。"

阿木说道:"这样最好不过,那你……"

还不等阿木把话说话,猕猴胡子已经一个纵跃,跳到树上去了,紧接着手臂抓住树枝一荡,又飞窜至另一棵树上,这样三番两次,猕猴胡子已不见踪影,只留树叶沙沙的响声。阿木喘了会儿气,也紧跟着朝山上跑去,一边跑一边呼唤着大小姐！"

这样寻了约莫一个时辰，阿木已在蒙山五峰的山腰间来回了一趟，自己累得脚都快不听使唤，却仍然不见紫菱踪影，甚至连任何有用的线索都没有找到。阿木刚停下来歇脚，突然听见远处传来声音，沙沙直响，好像伴有人的喘气声。阿木警觉地站起身，他寻思着莫不是紫菱下山来了。声音越来越近，阿木大声问道："是谁过来了？紫菱是你吗？"

不想对方却说道："什么紫菱，是我，胡子！"

阿木有些失望道："噢。"

又道："看来胡子你也没找到紫菱。"

猕猴胡子从树上跳到阿木的跟前，说道："没见着人，连影子都没有。"

接着喘了两口气，突然道："我说你能不能积极一点，现在是我的好朋友，你的大小姐紫菱不见了。你看我累得跟什么一样。你还站在这儿偷懒。"

阿木忙解释道："不是的，胡子。我没有偷懒，我也是跑了快一个时辰了，刚到这儿。"

猕猴胡子上下打量了阿木一番，此时月露初白，但见阿木的肚子起起伏伏，像一层白色的浪，于是说道："哎，我信你了，懒猫！"

又道:"恐怕紫菱并不在这蒙山上,诶,说不定她都已经回家了呢。"

阿木情绪低落地说道:"大小姐肯定还没回家。"

猕猴胡子激动地说道:"你怎么就知道紫菱没有回家?我说你这笨猫能不能盼点好啊你?"

阿木依然语气平缓,说道:"山下都还有村民在喊大小姐的名字。要是大小姐回家了,这会儿应该安静才是呢。"

猕猴胡子站起身,侧耳朝着山下仔细听了一会儿,但什么声音也没有。

"紫菱就回家了,你听,哪儿有什么呼喊声。"猕猴胡子说道。

阿木坚持说道:"我都听得很大声,你是只猕猴,不可能听不见啊胡子。啊,你听这一声'大小姐',还是我母亲喊的呢,声音就在山脚下。"说着,就有些兴奋。

猕猴胡子掏了掏耳朵,再仔细听了片刻,然后自言自语说道:"不可能啊,这儿离隐逸村隔着好几里地,又是山林覆盖,怎么还能听得到隐逸村里的声音。莫非这笨猫听觉比大家的都好?"嘀咕完了,猕猴胡子不耐烦地大声说道:

"管他那么多啦。下山吧,山上没找着紫菱我俩在这蹲着也不是事儿啊。你说紫菱一个女孩子,又长得那么水灵,这要是不清不白地在外面过了夜,你说村子里的人会怎么想。我们还是到别处去找找。"

说完也不管阿木,拽着他就又往山下飞奔。

阿木本来身形就笨拙,一路上又被猕猴胡子这么拽着飞奔,约莫跑了一刻钟,跑到一条小溪边,就实在跑不动了。阿木上气不接下气道:

"胡,胡子,你让我歇歇,一会,一会就好。"

猕猴胡子却使劲拉拽他,说道:"阿木,我们来不及了。你得起来。"

阿木瘫在地上,说道:"我实在跑不动了。"

猕猴胡子道:"跑不动也得跑,你……"

阿木突然"嘘!"的一声让猕猴胡子不要讲话,他自己却像钉在地上,一动不动。只见他微微抬头,侧耳向着小溪上游,然后正色道:

"我听见大小姐的声音了!"

猕猴胡子将信将疑,问道:"什么?"

阿木重复说道:"我听见大小姐的声音了!就在那上面!"说着指向小溪上游方向。

猕猴胡子心下思忖,这么大溪流声,这只笨猫真听得见紫菱的声音?但转念一想,反正紫菱也未找到,无论怎样,且信他一回。于是说道：

"不管你是不是跑累了出现幻听，反正紫菱也没找到，不妨沿着溪流而上探个究竟也好。"

阿木"腾"地一声，从地上一跃而起，紧张说道："快！大小姐有危险。"

越过溪涧碎石，便出现一条草木小径来，这条小径在月光下影影绰绰，像是一条逶迤的长蛇，伸向远方。跑过约莫半里路，猕猴胡子突然神情紧张地说道：

"阿木，你可记得这条路？"

阿木此时像是满血复活，表情严肃地奔跑着，他在月光下看了看猕猴胡子，坚定地说道：

"我记得，永远都记得！"

16

5年前。

那时阿木才11岁，一直陪着养母上山打柴。每一次上山，途经现在阿木与猕猴胡子奔跑的这条小径时，母亲总是叫阿木快速穿过，不许逗留。阿木好奇，问其原因，母亲只说这条道路通往异族，异族人凶残狡诈，向来与隐逸村不和，但又慑于笠清族长威严，已很久不来隐逸村造次了。

一日，养母打好柴背柴下山，叫阿木留在山上将剩余的柴火拾掇好打捆。阿木拾掇好柴火后，久等母亲未至，便想为母亲减轻负担，吃力地背起柴火朝山下走去。阿木行至小径，体乏歇脚，一时间也忘了母亲的嘱咐。刚坐下不久，便听见不远处有喊"救命"之声，声音很快到了跟前，但见3只头圆耳大、眼小鼻尖、与阿木身形差不多大小的黑熊追逐着一只猕猴。猕猴浑身是伤，最严重的，是尾巴已断，鲜血直流。阿木见为首的黑熊，手里正拿着那截断了的尾巴，一时也吓得不敢站起来。这时猕猴已窜至阿木身后，哆嗦地说道："兄台救我！"

为首的黑熊听见猕猴求救，便轻蔑地笑起来道："我道是你搬来了怎样的救兵，原来是一只只会吃竹子的猫啊！"

笑完向猕猴正声道："今日你擅闯黑熊岭，还妄想活命，简直痴人说梦。"

又转身向阿木警告道："黑熊岭向来与你们隐逸村井水不犯河水，我劝你还是不要多管闲事为妙！"

阿木闻听为首黑熊声音，知道黑熊也比自己大不了多少，顿时回来了一些勇气。于是站起身说道："我与他素无渊源，我只是打柴路过此地歇脚而已，不敢多管闲事。只是不知这只猕猴兄弟所犯何事，兄台要置其于死地？"

黑熊故作神秘、阴声怪调对阿木说道："我小声告诉你吧，因为我饿了！"

阿木见黑熊手里拿着一截猕猴的尾巴，又说出这么瘆人的话，不觉背脊发麻。忙说道：

"你，你怎么能……"

黑熊又是一阵哈哈大笑，转身向身后两名像是下人身份的黑熊说道：

"他说我们怎么能吃猴子，哈哈哈哈，好笑不好笑？"

身后两只黑熊也跟着笑了起来。

猕猴拉了拉阿木的手，虚弱地说道："还请兄台相救。"

阿木看了看黑熊，又看了看猕猴，心下想："我也想救你，但我能有什么办法啊？"但这话阿木并没有说出来，他向黑熊说道："兄台，你，兄台你们这次就放了他吧。"

黑熊道："我凭什么卖你人情？你以为你是谁？"

阿木说道："哦，你不问我都忘了说，那个，我是阿木，笠清族长家的阿木，嗯，是他家的伙计。那么你呢？"

猕猴在身后顿时表现出绝望，他在心里埋怨道："你说你是笠清族长家的就够了，干嘛还加个'伙计'啊，还问黑熊是谁，这等愚钝，看来今日是天要亡我。"

黑熊生气道："我管你是谁，还不速速让开，别碍了本少爷好事。"

身后两只黑熊帮腔道："识相的就赶紧滚吧，蛊犊少爷发火前，还能留你小命回去吃奶。"

黑熊继续说道："擅闯黑熊岭，未见活命人。毛头小子还想破了这规矩？滚！"

说完就向阿木撞来，阿木猝不及防，一个趔趄被撞出一丈开外！

阿木趴在地上感觉全身骨头都要碎了，心中暗想这黑熊年纪轻轻，力道却是很大。但又立马想到自己被撞开，身后的猕猴恐是性命堪忧了，于是顾不得自身疼痛，慌忙爬起来要去护住猕猴。此时猕猴见阿木被撞开，当是自己命数已尽，也已再无力气逃窜，便闭着眼睛等死。眼看黑熊举起手掌正要一掌拍在猕猴脑门，阿木从身后不顾一切冲将过来，使出浑身力气，用肩膀一顶，黑熊也被撞出近丈远。

黑熊被撞得步伐踉跄，他没想到阿木竟然敢反抗他，顿时恼羞成怒，冲着不远处两只黑熊道："你们还愣着干嘛？还不把他给我撕成肉块！"

两只黑熊领命，用双手在胸口使劲拍了两下，然后一声嘶吼，杀气腾腾向阿木冲过来。阿木本身愚钝，见两只黑熊朝他冲过来，一时不知道该往哪儿躲。倒是猕猴，见自己居然再次被阿木救下，看来还是有活命的余地，于是大声朝阿木喊道：

"往左边柏树旁躲！"

阿木这才回过神，但为时已晚。他"啊"还没说出口，已被两只黑熊一先一后撞飞出去。还不等落地，其中一只黑熊又是凌空一掌，正中阿木腹部，纵然阿木腹部肉厚抵消了一部分掌力，但剩余力道依然将他打得喘不过气来。

正当两只黑熊顺势要将阿木抬起大卸八块时，黑熊蛊犿一挥手道："且慢。"然后走到阿木跟前，一脚踩在他的肚子上接着说道："强出头，没什么好下场。我要你先看着这猴子怎么死，然后再让你给这只猴子陪葬。"说罢脚一用力，将阿木踢出老远。猕猴爬将过来，满是歉意地将阿木扶起坐在地上，难过地说道："你快走吧，你是隐逸村的人，只要你说放你走，相信他们也不会再追杀你。我命该如此，也不想再连累你了。"

阿木口吐鲜血，却不知哪里来的勇气，硬生生地说道："我不会走的。今天就算死，也不会丢下你不管！"说罢擦了擦嘴角的鲜血，艰难地站了起来。见这 3 只黑熊如此恃强凌弱、凶狠残暴，连一只猕猴都不放过，阿木怒火中烧。说来也怪，许是因为勇气再次赋予到阿木身上，阿木爬起来以后感觉整个人都轻盈了，原本耳朵还嗡嗡作响，此时只听得见微风吹动树叶沙沙的声音。更重要的是，无论是树叶的摇动还是黑熊的身体晃动，都变得慢了起来，慢得像是阳光逐渐从窗台移进房间的样子。阿木看到黑熊蛊犊缓慢地指着他和猕猴得意地仰天大笑，也看到黑熊蛊犊身后两只黑熊，缓慢地向他移动过来，像是散步，但面部狰狞。阿木看了看旁边的猕猴，他的眼神透露出绝望和不舍，阿木心想虽和这只猕猴萍水相逢，但已是共过患难的了，自己既然已经卷入此事，岂有中途作罢之理。想到这，阿木回过身，朝着两只黑熊漫步过来的方向，快速冲了过去。奇怪的是，阿木已经冲到两只黑熊的跟前，两只黑熊却都未能向他出击，而是继续向他冲过来的方向漫步。阿木也不愿多想，现在他就站在他们的跟前，这是绝好的机会！他冲到两只黑熊中间后，双臂高抬，然后向地上扑倒，两只黑熊一左一右，应声倒地。

阿木也跟着再次摔在了地上。

摔倒在地的阿木，又听见了嘈杂的声音，耳朵嗡嗡直响，身上骨头像是断裂了一样。

一切又回到了开始的状态。

他听见两只黑熊一左一右躺在地上呻吟，再没能爬起来；他看见黑熊蛊犊和猕猴都愣在不远处用惊诧的眼光看着他。阿木想站起身来，但眼前一黑，就什么也不知道了。

等他再次醒来，已经躺在了笠清族长的柴房。养母端来汤药，旁边坐着那只猕猴。

阿木道："你没死？"

猕猴笑道："还没死，多谢兄台救命之恩。"

阿木摸了摸脑袋说道："我，我。我怎么回家了？"

养母有些责备地说道："你这孩子，也算你命大，恰巧笠清族长上山巡视，碰见了，才救回你的小命。来，快把药喝了，我去禀告族长。"

阿木接过汤药，满是歉意地说道："谢谢母亲。"

养母走后，旁边猕猴说道："其实，就算笠清族长不来，我想我们也能活命的。"

阿木狐疑道："此话怎讲？"

猕猴道："你已经把那两只黑熊打趴下了啊，我看黑熊蛊犊少爷的表情，也没有继续战斗的意思。"

阿木问道："为什么？他不是一心要置你于死地吗？"

猕猴道："因为太快了！"

阿木更加疑惑，问道："什么太快了？"

猕猴看着阿木迷茫的眼睛，疑惑而认真地说道："你啊，你太快了，你的速度太快了。我只看到你从地上爬起来，擦了嘴角的血，然后我一眨眼，就感觉到一阵风吹过去了。当我再看你的时候,那两只黑熊已经躺在了地上,而你也躺在了那儿。我想,要不是我亲眼所见两只黑熊倒地不起,一定会觉得这一切都是幻觉。"

阿木回想适才的画面,感觉脑袋疼得不行,于是有些茫然地说道:"噢。"

又像是想起什么,忙问道:"你的尾巴怎么样了?"

猕猴淡然道:"不碍事,少一截就少一截,笠清族长已经为我包扎了。"

阿木再次回到茫然状态说道:"噢,那就好,那就好。"

少顷,又像是猛然记起某件事情,忙问道:"对了,你叫什么名字?"

猕猴笑道:"他们叫我胡子。"

17

猕猴胡子和阿木一直向前跑去,前面就是黑熊岭,那句"擅闯黑熊岭,未见活命人"的谶语一直在阿木和猕猴胡子的耳边萦绕,让他俩心里都不免有一丝畏惧。但一想到紫菱就在前面叫着"救命",他俩的勇气战胜了恐惧,跑得更快了。

不多时,阿木就清晰地听见紫菱带着哭腔的呼救声,从声音里,阿木能明显感受到紫菱此刻内心的恐慌、绝望和无助,一如5年前猕猴胡子的声音。

"我听见紫菱的声音了!在那边!"猕猴胡子焦急地嚷道。

阿木不做声,顺着声音的方向继续跑去,他越靠近紫菱,步伐就越发沉稳,每一步都落地有声。此时,他目不转睛地盯着前方,再也不理会还在身旁与他一道的猕猴胡子,像是《三国演义》里单刀赴会的关云长,又像是只身擒王的死士。猕猴胡子也不再多言,他能感受到他们的危机随着深入腹地在不断地加剧,但是冥冥之中他也感受到来自阿木与他的勇气催生出来的强大气场。

声音就在耳边了!

只闻一个女声道:"卑鄙,你休想!我爹爹一定会来救我的。"猕猴胡子听清楚了,这确是紫菱的声音无疑!

一个陌生而熟悉的男声哈哈笑道:"笠清伯父?他最重要的砝码都已经在我手里了,还不乖乖就范?"

男声继续道:"反正,这一次倒是要看看笠清伯父是要舍车保帅呢,还是要投降认输,哈哈哈哈。"

紫菱怒道:"谁是你伯父!你这黑熊,别玷污我爹爹的名声。"

一听"黑熊",本来阿木和猕猴胡子猜的八九分,也算是落实了,这黑熊声音听来熟悉,定是黑熊蛊犊无疑。

蛊犊也不恼，回答道："是是是，紫菱你提醒得对，是不能叫伯父，万一他老人家同意了，我就得改叫一声岳父大人了不是？"

紫菱气得说不出话来，"你，你，你"了半天道："你无耻！"

蛊犊突然收住笑，厉声道："我无耻？岂有你们隐逸村的人无耻。霸占蒙山五峰之茶，驱我族人至这阴暗山岭，你们制茶贩茶落得快活，我们呢？你说到底是谁更无耻？"

紫菱道："茶虽同米盐，却是静心养性之物，最宜精行俭德之人，岂能被你们这群内心险恶之徒利用。我爹爹领我族人护茶卫道，苍天可鉴！"

对话至此，阿木和猕猴胡子已然赶到。阿木忽地吼道："大小姐！"

此时天色已经全部暗了下来，只有借助皎洁的月光还隐约能辨人影，阿木想判断出紫菱的方位。

猕猴胡子也叫道："紫菱，我们来了！"

突然听到自己伙伴的声音，紫菱有种绝处逢生的喜悦和激动，声音颤抖着叫道："阿木！阿木！快来救我，我在这儿！"

这时黑熊蛊犊厉声道："大胆狂徒，竟敢擅闯黑熊岭。"

猕猴胡子也不知哪来的勇气，高声调侃道："哎呀，说来真是有缘，怎么又是你胡子爷爷我。"

黑熊蛊犊咆哮道："来人啦，速速将这两个狂妄之徒拿下。"

话毕，只见四周火光忽明，阿木和猕猴胡子被一群黑熊团团围在了中央，在他们身体两丈开外，紫菱正被两只黑熊架着，蛊犊站在她跟前。猕猴胡子一看这阵势，心顿时凉了半截，直后悔刚才不该逞能，激怒了蛊犊。若不激怒他，或许还有别的回旋余地。

蛊犊见是阿木与猕猴胡子，冷声道："真是冤家路窄，天堂有路你不走，地狱无门你偏要闯进来。给我上！"

阿木慢声细语说道："蛊犊少爷且慢，我们不是来挑事的，我们只是想接大小姐回家。"

蛊犊见阿木说话不紧不慢，完全没猕猴胡子那样虚张声势，顿觉对方似乎对私闯黑熊岭胸有成竹，再想起5年前那一幕，蛊犊也不免心有余悸。当时他和猕猴胡子一样看得真切，只一眨眼的工夫，阿木就瞬移到两个手下跟前，并将其击倒，速度快得令人咂舌。此时这只看似愚笨的胖熊猫要是再先发制人，直奔自己而来，恐怕就算自己人多势众，也不一定占得到什么便宜。想到这些，蛊犊手臂一抬，众黑熊便按兵不动，于是蛊犊接着说道：

"接大小姐回家？你想得未免太天真了吧。常言道，江湖有江湖的规矩，自我爹爹他老人家生前定下'擅闯黑熊岭者死'

的规矩，没人不遵守，上一次你身边那只猴子侥幸逃脱已是他的造化，你们现在居然还异想天开想从我这带人走？"

阿木道："蛊犊少爷，规矩是人定的。你只要开了尊口，改了这规矩，来黑熊岭的不就不用死了吗？"

猕猴胡子在一旁拉阿木，小声在他耳朵边说道："你在说什么？开什么玩笑？"

阿木一脸真诚地看着猕猴胡子，道："我是认真的啊，干嘛要定这些杀人的规矩？"

就连被困的紫菱也看不下去了，焦急喊道："笨阿木、蠢阿木，你要叫一个恶魔发善心，做好事，你是真傻还是假傻？"

蛊犊见猕猴胡子和紫菱都在埋汰阿木，不由得再次大笑起来道："哈哈哈，他俩说得没错，你究竟是真傻还是假傻？"

阿木见连自己人都不认可他的想法，知道自己说的也确是天方夜谭了，于是正声道：

"既然蛊犊少爷不同意，那，那我们只有硬闯了。就算拼个鱼死网破，也定要保大小姐周全。"说罢，就作势要硬闯。

猕猴胡子见识过阿木的能力，也当他是成竹在胸，忙附和道："阿木，擒贼先擒王。"

蛊犊听闻，心中一凛，忙大声叫道："一起上！"众黑熊领命，举着火把齐刷刷向阿木与猕猴胡子扑来。猕猴胡子身形灵敏，沿着树枝上蹿下跳，成功躲过黑熊的肩扛掌击。阿木体态臃肿，只能左闪右避，刚避开第3只黑熊的进攻，一不留神被左边夹击的黑熊逮住空当。黑熊掌风势大力沉，且快如闪电，阿木眼看自己左胸受袭而不能自救，索性再狠侧身体，故意让自己失去平衡，黑熊一掌击在了阿木左肩。

只听"咯"的一声，阿木左臂已抬举不得，原是黑熊力道劲猛，硬生生将阿木手臂击得脱臼。阿木吃痛，右手抱着左臂狠狠退了几步，继续躲闪着黑熊的进攻。但不多时，阿木便已体力透支，不敌被擒。猕猴胡子见状，倍感惊恐，一不留神也被一只黑熊一巴掌从半空中拍下。

阿木、猕猴胡子刹那间双双被擒。

猕猴胡子低声说道："兄弟，你这是闹哪出？你的速度呢？"

阿木左臂疼得牙直打哆嗦，回道："我，哪有什么速度？我自己都不知道。"

猕猴胡子失望道："那你还那么淡定自若？"

阿木道："我也是想给他讲道理嘛。"

猕猴胡子听罢，彻底绝望了，说道："吾命休矣！"

18

阿木、猕猴胡子同紫菱一道被押至蛊犉跟前。阿木见到

紫菱,难为情地低下头道:

"对不起,大小姐。我没用。"

紫菱见阿木左臂脱臼,心中关切,忙说道:"好了,别说了,你们尽力了。都是我不好,私自跑出来,还连累你们。"

蛊犊向着阿木道:"我以为你有多能耐。你信不信我只要动一动手指头,你们俩立马归西。"

见阿木与猕猴胡子不说话,蛊犊继续说道:"不过,你这人笨是笨了点,勇气倒是可嘉,见你这么忠心护主,本少爷倒是有些对你惺惺相惜了。好吧,我改主意了!"

阿木和猕猴胡子都不敢相信自己耳朵,纷纷抬起头看着蛊犊。

蛊犊踱着步,说道:"我要你回隐逸村告诉笠清这老头子,要不将蒙山五峰茶园交出来,要不就把紫菱留在黑熊岭,做我的少奶奶。"

蛊犊停顿了下,像是想起了什么,继续说道:"噢,不。别说我蛊犊少爷不讲规矩,咱们还是按茶界的规矩来,我广发英雄帖,召集茶界名流高士参加斗茶大会。10日之后,我率我族人前往隐逸村登门拜访,斗茶竞胜。我若胜出,蒙山五峰和紫菱小姐,均为我所有;隐逸村若胜出,紫菱小姐和蒙山五峰你们任选其一!"

紫菱听了，大骂道："你这无耻之徒，口口声声讲规矩，心里却阴险狡诈打着如意算盘。"

蛊犊笑道："紫菱你不要生气，斗茶是不是你们的规矩？"

紫菱正声道："是！"

蛊犊说道："我按你们的规矩办事不为过。但是你们私闯我黑熊岭，被我所擒，就得按我的规矩，我以你为砝码进行斗茶，亦不为过！"

继而转身向众黑熊问道："我坏了哪方的规矩了没有？"

众黑熊高呼道："少主英明！"

蛊犊再回过身对阿木与猕猴胡子道："我即将与紫菱大婚。"说着奸邪地看了看紫菱。"大喜之月，不宜见血，故而近日且再饶你们一次。你俩回去隐逸村告诉笠清这老头子，紫菱我先帮他好生照顾着，安置在后山别院，专人服侍，斗茶大会之前，我保证对她秋毫不犯，让他就潜心准备斗茶大会吧。"

蛊犊之所以向阿木说他对紫菱秋毫不犯，是担心笠清族长恐他蛊犊污了紫菱名声，继而率众攻来，届时就达不到他想要的目的了。

阿木看了看同被扣留的紫菱和猕猴胡子，直恨自己鲁莽，不该逞能。要是他先让猕猴胡子回隐逸村禀告紫菱去处，自己过来与蛊犊拖延时间,恐怕这时候笠清族长已经带领族人过来讨要紫菱了。若真这样,他和猕猴胡子也不会落得"救人不成反被擒"的尴尬境地了。

阿木看着紫菱,欲言又止,内心说不出来的愧疚和担忧,只再次说道:"大小姐,我对不起你。"

紫菱知道事已至此,再也没有转圜的余地,现在只能按照蛊犊的意思去做,他没杀阿木和猕猴胡子已是幸事,于是也不敢再大声谩骂蛊犊,担心激怒他,让他改了主意。紫菱看了看阿木,关切地说道:

"阿木你手疼吗?别再说对不起了,你就按照他的意思回去禀告爹爹吧。我想他堂堂黑熊岭的大少爷,也必当是言而有信之人。"说完,眼神坚定地看着蛊犊。

蛊犊笑道:"那是自然。"

又转身道:"你俩滚吧。"

猕猴胡子搀扶着阿木,深深叹了一口气,不得已转身朝黑熊岭外走去。

19

黑熊岭要挑战隐逸村的消息很快传开。

时节正值春分,盛唐遗风所言"茶贵在新",加之受诗人卢仝"天子未尝阳羡茶，百草不敢先开花"以及僧齐己"甘传天下口，贵占火前名"诗句影响，贩茶人早已纷纷赶往蒙山，驻留隐逸村，一是为第一时间得到早茶，二是参加此次蛊犽与笠清族长的斗茶大会。一时间，隐逸村人流如织，盛况空前。

阿木脱臼的左手臂被笠清族长接上后，并无其他大碍，两日后便行动如常。他在茶肆继续当着伙计，端茶递水，只是他一心挂念大小姐紫菱，茶客间谈论话题，他一概不再关心。在阿木看来，此次隐逸村面临的危机全是因他而起，若不是他脑子愚笨，当日营救紫菱时没能想出"缓兵之计"这个万全之策，也不会弄得隐逸村气氛如此紧张，更不会将隐逸村的未来推向岌岌可危的悬崖。这几日族长也闭关不出，准备着此次斗茶大会，可见笠清族长是何等重视。也难怪，此次斗茶大会无论胜负，都关乎着隐逸村以及全族人的安危。阿木是个孤儿，本不是本村族人，却因为自己的愚笨，给全村带来了空前的危机。想到这，阿木更觉心中愧疚，却又不知该向何人说起。

10日很快就过了。

斗茶大会当日，万物阳生，朗朗晴空。笠清茶肆被来自五湖四海的茶商茶客围得水泄不通。一时间人声鼎沸，喧哗不止。有的说今日过后隐逸村怕是要变天了；有的说黑熊蛊犊隐忍10年终于等到这为父报仇之日，有备而来，胜券在握；有的说谁胜出我们不关心，我们只关心来年还能得到易价廉明的春茶不。阿木听得这些私下言语，耳朵嗡嗡直响，他此时心绪烦躁，站在茶肆外等待着黑熊蛊犊的到来，或者说，等待着紫菱大小姐的出现。

待得巳时将过，黑熊蛊犊带着族人以及紫菱终于来了。本被围得水泄不通的笠清茶肆被这人多势众的架势自动清出一条道路，蛊犊目不斜视，径直朝茶肆里面走去。

蛊犊进得厅口，见笠清族长侧坐于门前，便立定止步。笠清族长向着蛊犊颔首道："阁下远道而来，且歇歇脚，吃一盏茶解渴。"说罢右手手掌微抬，指向门口案几，案几上有茶两盏，一盏盖碗，一盏敞碗。

按照茶界礼仪规矩，此为"讲茶"。笠清族长所坐位置，则为"糊（虎）口"，案几所设盖碗茶有敬酒含蓄之意，意味盖在碗里私下解决；碗盖敞开，则为罚酒，表示打开天窗说亮话，今天这事是要有个亮堂的结果。若蛊犊喝下盖碗茶，则为"过糊口"，表示今日不带争字，愿意私下商量；若蛊犊喝下敞碗茶，则为"过虎口"，也就意味着今日斗茶竞胜，不可更改。

蛊犊见桌上两盏茶，二话不说，端起敞碗一饮而尽，说道：

"请!"

人群中开始欢呼,这和他们预想的如出一辙,黑熊岭的人来时摇旗呐喊,队伍浩浩荡荡。随着人群的热闹高呼,本来挤在茶肆外的人奋力朝内部挤去,气氛瞬间被点燃,大家都想目睹这一斗茶盛况。

阿木猫着腰,跟在黑熊队伍后面,艰难地挤进笠清茶肆。但见茶肆内桌椅已被清空,留出很大一片空地,空地中央置一香炉,轻烟袅袅,闻之使人凝神静气。或是受此影响,无论茶肆外的人如何高声喧哗,茶肆内都始终保持着一分肃静和祥宁。香炉旁,置一伏羲瑶琴,琴身龟纹横断,琴弦静悬七列,见之素雅,未起弦音,但已觉无丝竹乱耳。阿木再向香炉以北看去,见笠清族长身着素色长袍,双手背后,身姿挺拔,虽有着熊猫固有的体胖,却也不失仙家道人之风。

蛊犊面对笠清族长,轻轻俯身,抬手作揖道:"小侄见过笠清伯父。"

笠清族长衣袖轻扬,拱手还礼,但未有言语。

蛊犊礼毕,道:"那,还是开门见山吧,茶已喝过,小侄此番来意想必伯父已然明了。在座的各位都是茶界响当当的人物,"说着环顾四周,继而又道,"10日前,笠清伯父千金紫菱小姐擅闯我黑熊岭,黑熊岭的规矩想必大家都已知晓,但紫菱乃伯父掌上明珠，晚辈不敢造次杀之。可我黑熊岭的规矩也不能破，权衡之下，在下忍退一步，勉强找到这双方都下得来的台阶。故而狂妄地向笠清伯父下了挑战书，约定今日在隐逸村举行斗茶大会，以决高下，也邀请了在座的高士为我们做个见证。若在下不才，侥幸赢下了笠清伯父，按照约定，这隐逸村占据多年的蒙山五峰便要还给我们黑熊岭，另外笠清伯父也当将小姐紫菱许配给我。若在下学浅，在比试中输了，也是学艺未精，笠清伯父则可在紫菱小姐和蒙山五峰之间任选其一。"

言罢，茶肆间顿时窃窃私语，议论纷纷，皆道蛊犊这场斗茶太不公平，全然是打着正义旗号的掠夺。

蛊犊停顿片刻又道："自在下下了战书，笠清伯父亦未回函，按照规矩，便是默允了。笠清伯父，你说这是也不是？"

笠清族长缓声道："不错。按照规矩，这便是同意了你的挑战。故而老夫也是早早做了准备，在此恭迎阁下大驾。"说罢轻抬左手，环视一圈。

蛊犊坚定道："好！既然伯父也在此当着各位豪杰高士的面认了这斗茶大会，也便是认了斗茶的赌注。以笠清伯父的名望，想必这事便也再无差池。"

说罢转身对侍从道："放人。"

紫菱挣脱掉黑熊，飞快地跑回笠清族长身边，笠清族长拉着紫菱关切地问道："紫菱，他有没有为难你？"

紫菱咬着嘴唇摇头，继而娇声道："爹爹，都是女儿不好。"

笠清族长安慰道："该来的终究会来，你这几天受苦了，先回房休息。"言语间满是关怀。

于是叫来阿木，阿木忙跑过来送紫菱回房。

此时午时已过一刻，阳光从茶肆顶上天窗泄进厅内，形成无数个略微倾斜的光柱，其中一注正照在笠清族长身上，使他整个人都显得威严光明。

笠清族长抬头看了看房顶，道："午时属土、属火，土生木、木生火，茶者南方嘉木也，与此时互为相生。此时斗茶乃最佳时刻，阁下请吧。"

蛊犊接话道："好！"

又道："隐逸村和黑熊岭地处蒙山，而蒙山在川，今日斗茶就按川人规矩比试，一则遵守乡俗，二则也为远道而来的客人助兴。不知笠清伯父意下如何？"

笠清族长不假思索道："就依你所言，请！"

20

笠清族长言毕，茶肆伙计便将事先备好的火炉抬了上来，又将一青铜巨鼎置于火炉之上，巨鼎内盛有水。两张案几也被抬了上来，分别置于笠清族长和蛊犊跟前。案几上横列三个茶碗，茶碗内各置春茶少许。案几之上还铺有一层草灰，用于比斗之时检验掺水溢水的多少与面积。一切安置妥当后，茶肆里鸦雀无声。

笠清族长与蛊犊隔着香炉相对而立。按照规矩，此次斗茶三局两胜，以动作流畅舒展、献艺寓意深刻、出水贯穿一线、收水滴水不漏为胜。蛊犊作为挑战者，先行出招。但见蛊犊侍从奉上一长逾四尺的紫檀木匣，蛊犊单手稍一用力，木匣顺势而开，一把铜制长流壶静卧匣内，此壶壶嘴长约三尺六。蛊犊取出长流壶，严肃说道：

"当年，家父用这把瞿逸流金向你讨教'龙行十八式'，却不想被你所害，逾时殒命，今日我再讨教你的高招，以慰家父在天之灵！"

笠清族长闭眼长叹道："乘风往事，终泛浮萍。令尊当年与东海倭国妖师一尾守鹤勾结，终落得如此下场，阁下理应明辨是非才对！"

蛊犊道："一派胡言，东海距此千万里，家父又怎会与小国勾结！"

笠清族长道："当年茶圣陆羽隐居江南,逾二十载得《茶经》

三卷，悟'茶禅一味'，世人皆语：茶经得大道，大道安天下！同年，日本国光仁天皇派遣唐使来朝，得《茶经》归，奉为圭臬，从中悟出治国之道，促进日本奈良时代繁荣！后日本国内皇室动荡，国凋民敝，为转嫁矛盾，妖师一尾守鹤梦中向其尊主献策，远侵我华夏，欲吞并之。而宋室好茶，蒙山乃皇室贡地，一尾守鹤便与令尊密谋，从隐逸村夺去这蒙山五峰。一则一尾守鹤于贡茶投毒，害我国之宗室，致朝堂震荡，以便乘虚而入，直取中原；二则令尊窃取茶道真谛，霸占蒙山五峰后，以此为基，最终想一统茶界，坐上茶盟盟主之位！令尊与我比试之时，本想偷梁换柱，在我的茶里下毒，不料阴差阳错，自己误饮毒茶。我虽尽力为其排毒，岂料毒性猛烈，我亦回天乏术！"

蛊犊厉声道："满口胡言，分明是你欲除掉家父独霸这蒙山五峰，却道是家父勾结倭人。休要在此血口喷人，看招吧！"

说罢，蛊犊腾空而起，双脚一左一右稳稳落在了鼎耳之上，马步微弓，苍劲有力，肆内顿时一片惊叹之声！此时铜鼎内正好沸水翻滚，蛊犊手执壶嘴，使壶身长驱鼎内汲水，但见沸腾之气沿着铜嘴倾泻蔓延，直至蛊犊右手掌，但蛊犊若无其事，不为所动，肆内看客又是一阵惊叹——这功夫无异于火中取栗，油锅取籽，足见蛊犊功力之深、耐力之强！

水至半壶有余，蛊犊迅速提起，站在鼎耳上，瞿逸流金在他手上飞速旋转，只见壶身外壁所挂残留的水滴如暴雨般随着壶身旋转的方向朝四周射去，顷刻间瞿逸流金壶身已光洁锃亮，不带丁点水痕。

蛊犊将瞿逸流金向上一抛，自己从鼎上顺势跃下，瞿逸流金在空中快速翻动三圈，蛊犊一伸手，壶柄恰好牢牢被他抓住。而后蛊犊左右手交替，瞿逸流金围着他的身子又是一阵旋转。当转至身后，蛊犊一侧步，右手手掌在身后向上发力，只听"嘭"的一声，瞿逸流金从蛊犊身后扶摇直上。蛊犊左脚再一用力点地，整个人也跟着长流壶迅速腾空，瞿逸流金到达高点后下落，正好稳稳落在蛊犊头顶。

蛊犊口里念道：

"泰山鸿雁过境，

三尺瞿逸流金，

道是流年飞转，

磨剑告父亡君。"

蛊犊说罢，身形正立，腰背后倾，右脚盘于左膝之上，左脚微微弯曲，整个人像盘坐于梅花桩。蛊犊左手扶住头顶壶身，右手持壶嘴，迅速下压，一股暖流顺流而出，出水之快，如蛟龙过江。水流在空中划出一道蒸汽腾腾的弧线，然后不偏不倚全都注入到案几上最左边的茶盏里，沸水过盏，先是沿着碗壁回旋一圈，然后直达碗底，春茶瞬间被沸水冲泡，散发出一阵茶香。

人群中有人惊叹："好一招童子拜佛！"

水过半碗，但闻蛊犊一声大吼："收！"然后右手轻抖，水流突然被拦腰折断，戛然而止，只见瞿逸流金已全然回收，壶嘴朝上，壶身垂地，而被截断的水流依然还在空中划着抛物线，直飞茶盏。当最后一滴沸水"叮"的一声与茶碗水面撞击之时，整个茶肆叫好声便此起彼伏。

精妙绝伦！

果然是10年磨一剑，黑熊蛊犊的功力真是让人大开眼界。

蛊犊右手抱壶，左手轻抬，胸有成竹地对着笠清族长道："请！"

众人将眼光不约而同地转向笠清族长。

但见笠清族长微微拱手，以示回复，然后转过身走向茶肆一侧。

众人屏气凝神！

笠清族长走到一张竹桌旁，缓慢拿起一只棕色皮革长物，口里自言自语道：

"沉沙10年，太平日子算是结束了！"

21

笠清族长轻轻打开棕色皮革长物扣带，取出内藏之物。不出所料，皮革所裹依然是一把长流壶，只是这把长流壶相较于蛊犊的瞿逸流金又有些不同，首先它长度没有瞿逸流金长，仅有3尺；其次它也不是纯铜所造，而像是一把在炭火上熏得黢黑的生铁，壶身坑坑洼洼，铁锈斑斑。笠清族长抚摸着这把长流壶，眼里像是有千言万语。抚摸片刻，笠清族长转过身，向蛊犊道：

"这把寒铁长壶自与令尊斗茶之后，便已封存，今日阁下待续令尊遗志，使它再见天日，也算是与阁下有缘，请过目！"说罢，左手持壶，右手轻轻用掌风一推，寒铁长壶"呼呼"地向蛊犊飞去。

蛊犊听闻这把外表丑陋的黑铁长壶竟是当年父亲与笠清族长的决斗物件，心中感慨，见铁壶飞来，又仿佛是看到了10年前父亲与笠清族长斗茶时候的情景，忙伸手去接。但铁壶一触及蛊犊手掌，蛊犊便是一惊，内心暗叫不好。铁壶飞来速度缓慢，并未见笠清族长使出多少力道，但蛊犊一接到铁壶，却感觉铁壶背后有千斤之力，抵着他不由得后退两步。蛊犊脚下手上同时发力，终于将铁壶接稳，但接下来，他又是一阵惊诧！

这寒铁所制的长流壶，虽身形较之瞿逸流金要短小，但重量却有瞿逸流金5倍有余！蛊犊心下暗想："这笠清，看来力道真不容小觑，寒铁长壶如此之重，在他手里竟显得游刃有余！今日一战，定是艰难了！"也不容蛊犊再多想，他顺着笠清族长的力道，将寒铁长壶前后抚摸一阵，然后巧妙地借力打力，以太极推拿之势将寒铁长壶又送了出去，口中说道："还请笠清伯父赐教。"

笠清族长接过长壶，也是一跃，微胖的身体却也轻盈地落在青铜巨鼎之上，脚尖落在鼎耳上也不做停留，而是一踮脚，再次腾空翻了个筋斗。笠清族长腾于空中手持壶嘴壶身向下，垂直向巨鼎落下，只听"哗"的一声，犹如蜻蜓点水，壶身只轻轻与水面相碰，沸水便已浸入半壶。紧接着，笠清族长调整好身体，左手向着鼎耳稍一用力，自己又飞出丈高。

"好一招白鹤凌霄！"茶肆内有认得此招式的人赞叹道。

笠清族长突然从怀里掏出5枚铜钱，顺势洒下，铜钱一字排开朝案几飞去，5枚铜钱不偏不倚地正好撞击在茶碗碗壁轻弹而起，先后发出清脆的声音。而与此同时，笠清族长已悄然落地，但见他反抱琵琶，壶嘴从左肩出，笠清族长稍一欠腰，一股暖流从壶嘴倾泻而出，伴随着铜钱撞击先后5下，水流从轻弹而起的铜钱孔中，精准穿过，直达碗底！

5枚铜钱也落在碗旁,依次罗叠,而钱孔未见一滴水珠。

"妙!妙!妙!"但闻茶肆内有一老者声音赞不绝口道。众人这才从这绝妙的表演中回过神,无不拍案叫绝,于是循着声音向老者看去。老者继续道:

"没想到老朽有生之年,竟有幸再次看到这招'仙人问路',实乃三生有幸。"

人群中终于有人认出这鹤颜老者,高声道:"这不是青城清风观'拜水十六式'创建者、青城山青风观掌门莫道道人吗?"

笠清族长惊闻莫道大驾光临,忙上前迎接作揖道:

"真人大驾,有失远迎!"

莫道作揖还礼,说道:"笠清族长客气,老朽本只是想当一名看客,岂料蛊犊少侠与笠清族长的斗茶实在精彩,老朽自然是忍不住了。"

蛊犊也久闻莫道道人大名,其独创的"拜水十六式"可谓是长流壶技艺的巅峰精髓,并不亚于"蒙山十八式"。于是上前道:

"既然有尊客在此,晚辈当拜见才是,只是今日晚辈与笠清伯父比试,乱了规矩,还请前辈见谅。"

说着环视四周,又说道:

"莫道真人乃长流壶泰斗，今日有幸，还请大师为此次斗茶点拨一二。"

莫道道人道："岂敢岂敢。"

人群中有人开始喧哗："就请道长不要再推迟，今日斗茶，高下难判，还请道长说句公道话才是。"

"对！对！"人群中附和声此起彼伏。

笠清族长也恭请道："请真人点评。"

莫道道人谦虚道："那老朽就恭敬不如从命了。"

蛊犊拱手道："愿闻其详！"

莫道道人缓缓说道："蛊犊少侠10年磨一剑，年纪轻轻却将一招看似平常的'童子拜佛'演绎得如此精湛,问这世间，绝无第二人可比。单是这收水之功，一滴定乾坤，怕是老朽也无法企及！"

蛊犊拱手道："真人过誉了！"

莫道道人继续道："笠清族长技艺，当是臻于化境。他招式看似简单平常，但每一式却蕴藏着无数的变招，蜻蜓点水苍劲有力绝不拖泥带水，白鹤凌霄轻盈飘逸亦无持重痕迹。最后一式老朽本以为使出的是'关公巡城'。若真是'关公巡城'，这一招已是精绝于世了。岂料铜钱五问茶盏，铿锵有力，每一声都叩问人心，招式瞬息万变，进而演化成了不可复制的'仙人问路'！以至于老朽都没能忍住连呼三个'妙'字。"

人群中有人按捺不住，急迫地问道：

"莫道道长，那他们两位谁才是胜出者呢？"

"对啊，谁才是胜者？"马上有人附和。

莫道道人微笑着，不慌不忙继续说道："若从技艺精湛来说，老朽自当是观看了一场盛宴，不做点评。但若从茶艺立意及变招来说，笠清族长恐要更胜一筹！蛊犊少侠卧薪尝胆，旨在必胜，心中想着为父报仇，故而怒气腾升，杀伐之气陡增，这一句'磨剑告父亡君'当是佐证，想必蛊犊少侠也定不会矢口否认。但茶者，为饮最宜精行俭德之人，其肃清淡雅，当不应有杀戮。笠清族长用'仙人问路'五声警明，告示蛊犊少侠，凡事多回首自问，人生路在何方？还在少侠脚下。故而，此轮比试，当是笠清族长胜出！"

22

所谓外行看热闹，内行看门道。经莫道道人一番点评，众看客无不惊叹，于是纷纷拍手称绝。

蛊犊听闻此轮被判输了，当是不依。正要争取，突然被人群嘈杂之声打断。蛊犊一时不明就里，但见众人惊呼"笠清族长！"，于是循着人声看去，只见笠清族长突然右手捂住胸口，表情痛苦地倒在地上，而后眉头一皱，吐出一大口鲜血来！

莫道道人也是惊得不小，不知何故，忙快步上前为笠清族长号脉，只见莫道道人也是眉头一皱，惊讶说道："毒气攻心！"忙问笠清族长：

"族长身体健硕，怎会忽地身中剧毒？"

人群中一片混乱。紫菱扑上去，哭喊着"爹爹！"，莫道道人忙着给笠清族长号脉。

阿木和猕猴胡子心里寻思着，莫不是笠清族长在斗茶中遭了黑熊蛊犊的暗算？两人看蛊犊就站在笠清族长对面，手持瞿逸流金，于是恼怒道：

"黑熊恶贼！竟然暗箭伤人，好不卑鄙！"说着阿木就要上前与之拼命。

此时笠清族长已经气息微弱，见阿木要找蛊犊算账，忙挣扎着说道：

"阿木不可！此事与他无关。"

阿木眼睛充血，怒火中烧，耳朵嗡嗡直响，他知道笠清族长向来为人谦虚和善，此时定是不愿意为难蛊犊，但笠清族长的话他又不得不听，于是进退维谷，看着蛊犊眼睛像是要喷出火来。

083

蛊犊陈词道："男子汉大丈夫，行事当光明磊落，我蛊犊虽狠，但也不至于如此下作！你若再血口喷人，休要怪我无情！"

阿木刚想反驳，笠清族长伸手示意让其住口。阿木知道族长有话要说，也不敢再逞口舌之快。紫菱抱着笠清族长哭道："爹爹，你不要再说话了，你别护着他了，就让我们教训这无耻之徒吧！"

笠清族长艰难摇头道："此事真与蛊犊少侠无关。我身上的毒，早在10年前便已中下了，那时候我与蛊犊父亲斗茶，他深中一尾守鹤带来的东瀛奇毒，我为了替他解毒疗伤，不想也被感染，从此以后，此毒便跟随着我了。倘若不运功发力，毒性还能被我控制；但一旦运功发力，毒气就会扩散，并且很快深入腹脏，直至攻心！"

莫道道人听完，一声长叹。

阿木说道："父债子还，族长的毒因蛊犊他爹而起，您若不是为了救他，也不至于此，今日我就算粉身碎骨，也不会让伤你之人全身而退！"

笠清族长突然铆足了劲儿正声道："放肆！冤冤相报何时了，我本行将就木之人，终究是要归尘，你们岂可因此使隐逸村和黑熊岭再起干戈？！"

蛊犊见阿木要找他寻仇，顿时怒气上涌，道："在下今日本想斗茶一决胜负，不想你们仗着人多势众，咄咄逼人。笠清老儿，你也不用再装什么正人君子了，你不早不晚，偏偏此时毒性发作,此番用意无疑是要激发隐逸村怒火。既然如此，那就休要怪我了！"说着便发号黑熊岭众随从，随时准备与隐逸村的熊猫们搏斗！

形势顿时剑拔弩张！

笠清族长无奈道："事到如今，你还执迷不悟！斗茶规矩是你定的，怎可随意更改？第一局老夫侥幸胜出，但老夫知道少侠并未发全力，三局两胜，老夫与你斗茶到底！"

蛊犊仰天长啸道："好！那就请接招吧。"

众人听闻笠清族长欲与蛊犊继续比试，都倍感惊讶。按照笠清族长所言，运功发力，毒气扩散，那他此举无疑是自掘坟墓！

紫菱、阿木和猕猴胡子异口同声道："族长（爹爹）不可！"

莫道道人也说道："依老朽之见，今日比试可到此为止，待笠清族长伤好之后再谋划不迟。"

但笠清族长却坚持道："我意已决，大家休要再说。蛊犊少侠请赐招吧！"

蛊犊答道："好！"

说着瞿逸流金便已出手，力道比上一次还要大，只见瞿逸流金在蛊犊手里时而春风化雨，时而疾风骤雨，时而左右突进，时而斗转星移，招式快得变幻莫测，直看得人眼花缭乱。比试场上鸦雀无声，只有瞿逸流金"呼呼"的声响。最后，蛊犊正手握住瞿逸流金正壶柄，右侧弓步，向左略微弯腰，右手举至右侧上方，左架手略低于肩，壶管放置肘关节处，摆好架势，右手手腕一抖，一股暖流倾泻而出，直达茶碗。

　　这是一招"龙行十八式"里的"亢龙有悔"。众人都惊叹蛊犊怎么会这"龙行十八式"，并且从蛊犊所出的招式看，他已将这招"亢龙有悔"练得炉火纯青。但是很快大家都明白了，用笠清族长的"龙行十八式"来对付笠清族长，这在比试上本有挑衅之意，意在激怒对方全力以赴。蛊犊深知笠清族长不能再运功发力，所以索性此次力道更大，动作更快，笠清族长要想取胜，动作须比他还要快，但这样一来，笠清族长无异于自杀！但是若笠清族长保存实力，这一局蛊犊便是赢得十拿九稳了。

　　果不出蛊犊所料，笠清族长艰难地站起身，他右手握住壶把，前臂微微平屈，上臂贴近体侧，壶管紧靠肩关节处，而左手五指并拢贴于腰部,左虚步站立——这是"龙行十八式"的亮招站姿。蛊犊知道,笠清族长是要用"龙行十八式"回应他，这样一来，就真的上了他的圈套了。但还不等出招，笠清族长突然又是眉头一皱、喉头一甜，一口鲜血"噗"的一声喷了出来。

蛊犊轻蔑说道："我看笠清伯父就不要再逞能了，这'龙行十八式'可没有'巨龙吐水'这一招。"

23

阿木见笠清族长再次吐血，心里的愤怒和难过无以言表。他越发觉得自己无用，自己闯下的祸，却要用笠清族长的生命来填补。自己从小被隐逸村收留，是笠清族长兼容并收，不忌"收留异族"的言论，让他能在笠清族长家里安然长大，这救命和养育之恩，足可以让他为笠清族长付出一切！想到这里，阿木眼睛血红，耳朵嗡鸣，整个世界突然像是静止了下来。他再也不想顾忌是否有违族长旨意，他现在想做的，只是拿起笠清族长掉在地上的寒铁长壶，不管用什么法子，去与蛊犊拼命！

阿木一个箭步上去，弯腰匍匐，顺势往地上一滚，便将寒铁长壶拿在了手里。他不知道拿着寒铁长壶后该怎么做，他双眼微闭，努力回忆起刚才蛊犊的招式，这些招式在他眼里像慢动作一样逐渐浮现。心之所向，力之所到——一边想，阿木便一边舞了起来，但是阿木又不似蛊犊那样一味地求快，而是时而静若处子，时而动如脱兔，招式变幻更为精进和流畅。笠清族长见阿木每一招每一式都接得恰到好处、天衣无缝，甚至比他人磨练了数年的功力还要纯熟，不由得瞪大了眼睛疑惑地自言自语："这阿木从未见他使过长流壶，我更是没有传授他半式'龙行十八式'，他怎么使得如此精湛？莫不是他私下偷师，若真如此，当是让我心寒！但现在形势危急，也暂时顾不了那么多了。"笠清族长还在思忖，突闻阿木道：

"族长，我快把那畜生的招式耍完了，怎，怎么办？"

笠清族长拖着虚弱的身子，在紫菱的搀扶下坐到伏羲瑶琴旁边道："现在，你什么也不要想，听我的曲子，让你的身体跟着音律而动，就算毫无章法，亦毫无过错。"

阿木木讷说道："噢。"

笠清族长说罢，便开始抚琴。七弦琴的琴音先是和平中正，悠悠绵长，像是老者在诉说往事，继而琴音斗转，渐渐高昂，高昂之余又不乏以游丝结束一个音节。这样重复了两遍，琴音陡然拔高，犹如有七八具瑶琴在同时奏乐一样，尽管复杂变幻，但声音却又抑扬顿挫，悦耳动心。

阿木循着琴音舞动着手里的寒铁长壶，心无旁骛。寒铁长壶就像是阿木身体的一部分，与他离而未离，人壶和谐，

如鱼得水。笠清族长在琴音二度拔高的时候,突然吟唱道:

"春未老

风细柳斜斜

试上超然台上看

半壕春水一城花

烟雨暗千家

寒食后

酒醒却咨嗟

休对故人思故国

且将新火试新茶

诗酒趁年华。"

诗句吟完,琴声也戛然而止。阿木的右手手腕一抖,"亢龙有悔"正好收水!

时间和空间都凝固了,所有人沉浸在伏羲瑶琴的琴音里、笠清族长的吟唱里,也沉浸在阿木那出神入化的长流壶演绎里。所谓余音绕梁,三月不知肉味,怕也不过如是!沉醉片刻,莫道道人先醒过来,他已激动说道:

"饕餮盛宴!饕餮盛宴!此景只应天上有!有道是'朝闻道夕死可矣',老朽此生没有白过!妙哉!妙哉!"

笠清族长虚弱说道:"真人过誉了!"

莫道道人看着一样陷于惊讶的蛊犊,继续说道:"休对故人思故国,且将新火试新茶,诗酒趁年华。蛊犊少侠,还请你细心品鉴这诗句用意呐,'亢龙有悔'招式的寓意——日有三省,洁身自好,我想笠清族长对少侠的期望不所谓不高,此局,也再无立分高下的意义了。"

蛊犊面色沉重,未接莫道道人的话。

笠清族长道:"斗茶比艺本该'和'字当前,老夫不想重蹈10年前的覆辙,故而两次比试都寓意说服少侠,放下执念,方得心宽。"

蛊犊冷色道:"休要再说。是比赛就会有输赢,三局两胜,虽然这第二局是由这小子出战,不过我也不追究了,今日且算我学艺未精。但咱们斗茶前定下的规矩不能乱,笠清伯父既然胜了,就做一个抉择吧,是要这蒙山五峰,还是要您的宝贝女儿?"

阿木怒道:"恶贼,还不住口,笠清族长对你这么好,你还……"

笠清族长打断道:"阿木你先退下。"然后接着向蛊犊说道:"当年令尊欲独霸这蒙山五峰,老夫誓死捍卫。想这蒙山五峰的茶园自茶祖吴理真开辟以来,造福了多少乡里乡亲,大家各守其道,生活清廉,将这蒙山五峰视为共同的财富,每个人都未有要独霸一方的想法。而令尊却时时刻刻想着要将这五峰收入黑熊岭囊中。若真如此，这隐逸村的居民和来往的茶客，怕是在劫难逃。"

蛊犊道："笠清伯父说这么多，无非是不想放弃这蒙山五峰了？那言外之意便是要将紫菱小姐许配给在下了。"

笠清族长虚弱地咳嗽道："小女生性顽劣，恐配不上蛊犊少侠。"

蛊犊逼迫道："堂堂熊猫族的笠清族长，今天是要当着天下豪杰的面食言？要做这不守信用之人？"

莫道道人在一旁说道："蛊犊少侠年少有为，今日又何必对隐逸村苦苦相逼呢？"

笠清族长扬了扬手，不紧不慢说道："老夫自知今日比试，终是要有个结果。这蒙山五峰定不能交与阁下，小女紫菱也配不上阁下，既然阁下对10年前老夫与令尊比试导致令尊驾鹤西去一事耿耿于怀，老夫愿意在今日自断经脉，以命相抵！"

众人听罢，无不吃惊。还不等大家反应过来，笠清族长已暗自运气，只听"啪、啪"两声，手足筋脉便已自断！

紫菱惊呼道："爹爹！"

所有人朝笠清族长看去，笠清族长已奄奄一息。

24

笠清族长自断经脉，是黑熊蛊犊没有想到的事。

现在也由不得蛊犊再讲条件，笠清族长奄奄一息已是事实。若蛊犊再不依不饶地在蒙山五峰和紫菱这件事上穷追不舍，恐怕要激起众怒，就算逼迫成功了，名声也臭了，日后他在茶界也是难以立足的。

蛊犊说道："你！你这又是何必呢，难道这蒙山五峰比你性命还要重要？"

笠清族长虚弱地看着他不说话，倒是猕猴胡子，愤怒地说道："黑熊，当年我险些遭你毒手，是笠清族长出手相救，我才苟且活到今天，今日你逼迫族长自尽，我知道我打不过你，但你记住了，咱们这仇，就算世世代代结上了。"

黑熊蛊犊道："我只是要这蒙山五峰，并非想取他性命。但你既然说咱们这仇世世代代结上了，我黑熊蛊犊树敌无数，也不多你这么一个。他日相见，别怪我手下不留情！"说完便带着黑熊岭的侍从离开了。虽然隐逸村的居民愤怒万分，但这是族长和蛊犊的契约，也都未对蛊犊加以阻拦。蛊犊走后，茶肆内各路豪杰也都陆陆续续离开，莫道道人知道笠清族长本已毒气攻心，加之自断经脉，他的生命是已经走到了尽头，此刻的时间应该交给族长与他的女儿和族人,自己作为外人不便久留,于是也安慰了笠清族长一番,无限惋惜地走了。

顷刻间,本来还人山人海的笠清茶肆顿时空空如也,只剩阿木、紫菱、猕猴胡子以及隐逸村的熊猫族人还围在笠清族长的周围。肆外阳光依然,竹影摇曳,但三月的气候乍暖还寒,此时隐逸村正陷入莫大的悲恸之中,紫菱抱着笠清族长泣不成声,熊猫族人围着他们也嘤嘤地抹着眼泪。笠清族长双眼微闭,努力地调整着呼吸,少顷,他开口说道:

"紫菱,我的乖女儿,爹爹再也保护不了你了,我向你母亲承诺过的话,终是没能实现,今后的日子你要好好照顾自己,爹爹看不到你出嫁的样子了。"说着,一行热泪从眼角流了下来。

紫菱抱着笠清族长哭得死去活来。她母亲离开的时候她还不记事,所以现在看见父亲即将撒手人寰,倒真是她人生中最大的变故。紫菱哭着说道:"爹爹,我不要你这么说,我要听你话了,我这就请先生回来,我学女红,学知识,我再也不出门了,我就在家服侍您。我再不惹您生气啦。好不好?"

笠清族长微笑着抚摸紫菱脸颊,继而转身对阿木说道:"阿木,紫菱以后就要你替老夫代为照顾了。你虽不是我族人,但你品性纯良,又天赋异禀,刚才你打败蛊犽,保护了隐逸村这蒙山五峰，也保护了紫菱，老夫将紫菱托付给你，你不要推辞，将来紫菱寻得好的人家，我九泉之下也才能瞑目。"

阿木跪下来对天起誓，难过地说道："您的救命之恩、养育之恩，阿木无以为报。今天阿木对天起誓，只要我在这世上还有一口气在，定保大小姐周全，不让她受一点伤害！"

笠清族长满足地说道："好，你这样说我就放心了。这个世界因缘聚会，因果循环，老夫本该早就知晓，只是执着一念，倒是犯了糊涂。之前老夫让你到茶肆做伙计，说有要事相委，现在也是时候告诉你真相了。"

笠清族长艰难地抬起手向族人招了招手，示意他们都围过来，而后继续说道："一千多年前，就在这蒙山五峰，茶祖吴理真开辟茶园种植茶树，悬壶济世，开创了饮茶文化的先河。而我们熊猫族，和茶祖也有着千丝万缕的关系。相传吴理真首种茶树之时险些被野兽所害，是我们熊猫族人在千钧一发之际，救了茶祖，也救了这蒙山五峰的茶园。茶祖心怀感激，自此将我们熊猫族人奉为茶灵，保护着这蒙山贡茶，也守护着人间正道，我们隐逸村祖祖辈辈都生活在这里，靠着蒙山茶园生存，也维持着蒙山的茶文化秩序。但茶灵只有一个，单脉相传，又只有在道义缺失的时候才会现身。一千多年以来，隐逸村也担负着寻找茶灵的任务。10年前，倭国妖僧一尾守鹤潜入中原，和黑熊盅犊的父亲勾结，欲取蒙山贡茶，在贡茶里做手脚，进而毁我华夏基业。我生为族长，虽然尽全力破坏掉了他们的阴谋，但也深知，一场劫难正在悄然酝酿，倭国动荡，一尾守鹤定不会善罢甘休！"

笠清族长停顿了一下，痛苦地缓了口气叹道："哎，该来的终究还是来了。"

25

笠清族长缓缓说道："10年前，老夫并未引起重视，直到两年前的春天。那晚茶祖托梦于我，告诉我次年将七星横列，有异族入侵，乃不祥之预兆。于是我开设这间茶肆，收集整理来自五湖四海的信息，要阿木在茶肆当伙计，也是这个用意。就在我打探一尾守鹤和茶灵的消息之际，听说二次元空间有一茶道高人叫审安老人，潜心钻研得《茶具图赞》一册，详细记载了12道茶具，人称'十二先生'，每一茶具都附有诗文赞语，传闻此12图谱蕴含着治国大策，得图谱者得大道。但图谱成型当夜，恰逢七星横列，这12图谱也散落到我们异次元空间。所以当务之急，便是在一尾守鹤再使阴谋之前，寻找到茶灵。因为只有他，方能守卫茶道，庇护苍生。"

一众族人听闻笠清族长陈述，无不感到惊叹，原来族长在暗地里做了这么多保护茶道、捍卫社稷的事，但一想到族长现在因此蒙难，又都悲痛不已，纷纷说道："请族长示下，隐逸村熊猫族人定不辱使命！"

笠清族长轻轻摇了摇头道："我只要你们好好安心地生活，寻找茶灵之事，我已有打算。"说着看了看紫菱，又看了看阿木，继续道："此次黑熊岭对隐逸村突然发难，也一定和一尾守鹤脱不了干系，他们恐怕早就开始寻找《茶具图赞》了！阿木，你天赋异禀，刚才见你使出'龙行十八式'的'亢龙有悔'，功力之深，我都为之惊叹。我不知道你从哪里学来，但在当下，这已经不重要了……"

阿木忙打断笠清族长，解释道："阿木从未学过什么'亢龙有悔'，更不知道'龙行十八式'，我只是见蛊犊怎么使我就怎么使了。"

笠清族长眉头微皱，道："你当真未学过？"

阿木道："若有欺瞒，天打雷劈。"

笠清族长虚弱说道："那蛊犊动作衔接之快，就连我和莫道道人都看得眼花缭乱，你怎会全然记清？"

阿木道："阿木不敢有半点隐瞒，我也不知道什么原因，当时我只觉得头昏脑胀，耳朵嗡鸣，眼睛所见都是速度极慢的平常招式。就，就一五一十地照着耍了一遍。"

笠清族长若有所思道:"也罢。小女和隐逸村族人都是你所救,你便是与隐逸村有缘。老夫就将这'龙行十八式'的秘籍,还有这寒铁长壶一并传授于你。他日寻找茶灵,定有用处。"说着便从怀里取出一羊皮册子,交到阿木手里。阿木不敢违背笠清族长的意思,忙点头收下了。

笠清族长此时已气若游丝,但他硬撑着继续说道:"青箬笠,绿蓑衣,淡拨斜风细雨;三皇地,五峰岭,清扬明道正迹。这是茶祖托梦的话,你要牢牢记住。"

阿木忙点头道:"是。"

笠清族长突然表情痛苦,"哇"的一声,又是一口鲜血吐了出来,但他仍然微笑着说:"紫菱,紫菱就拜托你了,隐逸村也拜托你了,把茶灵找到……临安……"话还没说完,笠清族长却身子一挺,断气殒命了。

紫菱见父亲西归,哭得一口气没能缓过来,眼前一黑,昏了过去。

笠清族长的葬礼很简朴。

葬礼过后,阿木按照笠清族长遗愿,收拾了行囊,准备前往临安。临安对于阿木来说是一个陌生的地方,他不知道该怎么去,但使命告诉他,在那里,一定能找到笠清族长想要的东西,或是护茶卫道的茶灵,或是散落的《茶具图赞》,

抑或是来中原兴风作浪的倭国妖僧一尾守鹤。阿木坐在柴房门槛上，望着满天的繁星，突然感到一阵仓皇，他本来只是隐逸村捡来的笨得能被所有人遗忘的孤儿，却突然之间肩负了这么大的使命。他抚摸着手里笠清族长临终前交给他的《龙行十八式》秘籍，内心久久不能平静。这是老族长对他的信任，也是隐逸村对他寄予的无限期望。从此以后，他不再是一个只会上山打柴的笨熊猫，也不再是一个只会端茶倒水的茶肆伙计，他要踏上新的人生旅途，纵然此去前途未卜。

阿木叫来猕猴胡子，拜托猕猴胡子在他归来之前好好照顾大小姐，不料紫菱不依，道是爹爹因此蒙难，她岂能安心在家？定要随同阿木一起寻找茶灵。阿木想到一来他向笠清族长承诺的定保大小姐周全，若他离去之日，黑熊蛊犊再来犯事，仅凭猕猴胡子一人之力，恐也不敌；二来路上有大小姐和猕猴胡子，也多个照应，他本来愚钝，考虑问题迟缓，有大小姐的聪明和猕猴胡子的机灵，想必找到茶灵和《茶具图赞》也能事半功倍。

临行前，养母将亲手缝制的斗笠和蓑衣穿戴在阿木身上，眼中尽是不舍。阿木含泪拜别，嘴里吟唱着唐代孟郊的诗句：

"慈母手中线，

游子身上衣。

临行密密缝,

意恐迟迟归。

谁言寸草心,

报得三春晖。"

拜别养母,阿木、紫菱和猕猴胡子,便在隐逸村全村人的目送下,踏上了新的路途。村口桥的那头,晨曦拨开烟雨朦胧的山雾,让出村的路陡然变得亮堂了起来。

第二章　美

26

出得蒙山，越往北走，山势就逐渐平缓。行得几日，叠嶂的高山便已不复再见，一眼望去，整个地势辽阔无垠，阿木一行3人此前从未出过蒙山，见得这样辽阔的平地不免有些觉得新鲜。紫菱自父亲西归后，一直沉浸在悲伤之中，未有笑脸，但此时也抑制不住渐露喜色，阿木见紫菱心情终于有了好转，忙说道："大小姐，走了这几日，你也累了，前面有座庙宇，我们不妨暂且歇脚，你看可好？"

还不等紫菱回话，猕猴胡子兴奋地抢先道："我看行，我看行，你们先歇着，我去打探一二！"说罢便跳着跑远了。

猕猴胡子走后，阿木将身上包袱取下，取出一件自己的便衣铺在地上，然后恭敬地说道："大小姐您坐。"

紫菱顺势坐下，转身对阿木说道："阿木，你以后还是别叫我大小姐了！"言语中透露着忧伤。紫菱一听到"大小姐"这个称呼就会想起在隐逸村笠清族长还健在的日子。

但是阿木并不知道紫菱的悲伤，在他的意识范畴里，笠清族长是他的救命恩人，恩人之后亦当舍身报之，于是严肃道：

"阿木答应过族长,要保护大小姐。大小姐就算跟着阿木颠沛流离,也依然是我的大小姐。"

紫菱伤感道:"从小我就欺负你,让你为难。你不怪我么?"

阿木道:"大小姐和胡子,是阿木真正的朋友。"

紫菱道:"你当我是朋友?"

阿木想了想,肯定道:"是。"

紫菱说道:"你既当我是你的朋友,就更不应该叫我大小姐,否则我只当你是爹爹生前的伙计,对我也只是使命所然。"说着,眼睛便泛起了泪光。

阿木见紫菱刚才还面有喜色,忽地又眼带泪花,一时不知所措,心里也有一股说不出的难过来,忙说道:"大小姐,阿木自幼得族长照顾,阿木对族长、对大小姐都带有崇敬之意。阿木虽然心里当大小姐是朋友,但,但始终尊卑有别,我,我只是一个笨拙的孤儿……"说着也难过起来。

紫菱道:"可我对你从来没有当自己是什么大小姐,也从来没有当你是什么孤儿。是,我性子乖戾,时不时让你难堪,让你左右为难,可我都当你是我的朋友,因为我想跟你玩,和你一起我会觉得开心。"

阿木低声道:"其实,其实我也想每次上山都带上大小姐。但是我又笨,反应又慢,若大小姐有什么闪失,我……"

紫菱打断道:"大小姐,大小姐,在你心里,我真的有那么大吗?"

阿木支支吾吾道:"不,不大。"

紫菱道:"那就别叫大小姐了。"

阿木低声道:"噢。"

紫菱道:"你重新叫我。"

阿木想了想,试探道:"小,小姐。"

紫菱道:"我也不小。"

阿木抠着头皮,他不知道还能怎么称呼紫菱,于是怯生生地喊道:

"姐。"

紫菱却"噗哧"一下笑出了声,道:"你,你诚心捉弄我。"

阿木见紫菱又笑了,挠着头皮也跟着傻笑道:"我不知道怎么称呼大……称呼你,嘿嘿,大小姐笑起来真好看。"

紫菱脸一红,嗔怪地像是自言自语道:"都不知道你是不是贫嘴。"

阿木继续傻笑。

紫菱接着说道:"好啦,好啦。你就叫我紫菱,跟胡子一样。"

阿木一阵惊愕,为难地说道:"啊?"继而小声试探着喊道:"紫,紫菱。"

紫菱又是一笑，心情像是爽朗了许多，自言自语道："这还差不多。"

两人又坐了一会儿，阿木将干粮取出来递给紫菱，见紫菱吃得很香，自己倒像是饱了，又把水递给紫菱，说道："要是有一盘新鲜的竹笋给大小姐享用，那才是好呢。"

紫菱拿着水壶说道："才多大会儿，你又忘了。"

这时猕猴胡子在远处跳着向他们招手，示意他们过去。阿木忙岔开话题，叫紫菱起身。

待阿木和紫菱走近，才发现这并不是一座庙宇，而是一座道观，但道观又像是荒废已久，门前杂草丛生，房顶上的瓦也剥落了很大一块。猕猴胡子说道："我看了看，这座道观一点香火也没有，想必是信众寥寥，道士没了生计，走了。我看这天色也不早了，今晚我们就在此歇息，好好地睡上一觉，明日继续赶路。"

阿木道："所言甚是，虽然我们早一点到达临安就早一点能找到茶灵，但这连续几天风餐露宿，我跟你倒是无妨，紫菱一个姑娘家，是该好好休息了。"

猕猴胡子诧异道："你叫她什么来着？"

阿木顿时脸红得不知所措。

紫菱在一旁忙解围道："好啦。我不让他叫我大小姐的，大小姐长大小姐短，说得我有多娇生惯养似的。今晚就住这儿吧，大家都累了。"

猕猴胡子道："好勒！紫菱，你先歇着。那块空地，我都给你收拾好了，铺上了松软的稻草。我跟阿木去拾些柴火回来。"

阿木笑道："这倒是我的拿手活！"

27

是夜，阿木一行3人在道观里生了火，烤了一些土豆吃，又聊了一会天。由于几日来连续赶路，众人都有些疲惫，没多时便睡意来袭，枕着稻草睡了。阿木躺在"床"上，突然想起什么，又起身把养母给他缝制的蓑衣给紫菱盖上。紫菱呼吸轻轻，睡得很香。阿木转身看猕猴胡子，但闻他鼾声迭起，于是又将事先准备好的稻草给他盖上，然后再往火堆里添了些柴火，这才躺下。

道观外阒然幽静，春虫在夜里独鸣，给这个夜晚增添了一些祥和。阿木把手枕在头下，从瓦片剥落了的屋顶空隙，看着天空，天空星罗棋布，无限浩渺。躺了一会儿，阿木倒觉自己越发清醒了，于是起身坐回火堆旁，用柴火棒拨动火苗打发时间。看着火苗发了一会儿呆，阿木从怀里取出笠清族长临终前传给他的《龙行十八式》秘籍，秘籍书写在牛皮纸上，在火光的照耀下，牛皮纸显得更加暗黄，像是记录着一段厚重的历史。《龙行十八式》第一式为"蛟龙出海"，但见书上写着——"顺手正握壶，转壶管向前，左手托壶底，弓步上左前，直似松挺立，春阳照面官，壶至泰山顶，四指合压管，炯炯目直视，蛟龙出海田"，阿木在心里默念数遍，却怎么也参不透这四字口诀中的奥秘。想到笠清族长临终前说他天赋异禀，一学就会，这会儿自己连这区区40字的口诀都参悟不透，内心又是一阵失落。阿木不敢怀疑笠清族长对他的信任，但自己生来愚笨却也是不争的事实，这种矛盾在他脑海纠缠不休，阿木备感彷徨，就像被"我是谁"这个恒古持久的人生哲学问题困扰一样。阿木继续往后看，后面招式紧接着是白龙过江、乌龙摆尾，再看口诀，更是云里来雾里去，阿木索性将秘籍收拣起来，不再强求自己去领悟，自己闭上眼睛默念刚才第一式的口诀，说不定哪天自己就又像那两次一样，看什么都觉得慢，看什么招式便能一学就会，口诀也自然于心相通了呢？或许这一切都自有安排，就像大多时候人与人，或者人与事的相遇，无论是恰逢其时，还是相见恨晚，都是命里定数，急不来，也惋惜不得的。阿木回想这一段时间的经历，也无外如是，再想到笠清族长所说的"该来的终究是要来了"，心里便也释然了。

阿木出得门来，在道观门口台阶坐下。刚坐下身，便听身后有一个轻柔的声音喊道："阿木。"

阿木回头，原是紫菱披着阿木的蓑衣出来了，于是抱歉道："紫菱，是我吵醒你了吗？"

紫菱见阿木叫她名字显得一点也不再生疏，心里有一股说不出的暖意，答道："不是，是我自己醒的。醒来看你不在，所以就……"

阿木说道："我睡不着，出来坐坐。紫菱，你还是回去躺着吧，外面凉，别冻着了。"

紫菱与阿木并排着坐下来，看着星空道："我也睡不着，想我爹爹了。爹爹说人死了就会变成天上的星星，不知道爹爹又是哪一颗？"

阿木安慰道："族长乐善好施、宅心仁厚，定是头顶上最亮的这一颗。他会看着你快乐地生活。"

紫菱拉了拉身上的蓑衣道："阿木，我知道你是想安慰我，其实爹爹走了以后，我一直想给你说，不要那么刻意去回避这件事，我不是小孩子了，我能照顾好自己。"

阿木道："我答应过族长要保护你。"

紫菱突然问道："要是没答应我爹爹呢？"

阿木心里不知怎的，感觉一阵暖流流过。他想了想，看着紫菱认真地说道："我，我也要保护你。"

紫菱害羞地笑了，一时不知道该再说些什么。

阿木继续说道："此去路途遥远，前途未卜，我有时候在怀疑自己，能不能完成族长的遗愿。"

紫菱说道："你也不要给自己太多的压力，无论如何，我和胡子都会陪着你，有什么难关我们都一起趟。"

阿木说道："有你们真好，谢谢你，紫菱。"

紫菱道："该说谢谢的是我。追根溯源，这一切都是因我的任性而起。"

阿木忙打断说道："就如族长生前所言，该来的终究是要来的，蛊犊迟早都会对隐逸村发难，这又怎么能怪你？"

紫菱说道："话虽如此，但凡事都有因果，如果我不那么任性，如果我安安分分地待在家里，或许这一切都是另一番景象了。"

阿木安慰道："佛家有言，万法皆有缘，而不是因人而定。以后你就不要再有这种想法了，免得黯然伤神。"

紫菱微微颔首道："嗯。"

这样说了一会儿话，厅内火堆渐渐暗淡了下来，在微弱的火光中，紫菱的身影变得朦胧，阿木看着她竟有一种心跳的感觉,于是忙把目光移向别处说道:"这儿真是安静,跟隐逸村的夜晚一样。"

紫菱说道:"在隐逸村可没机会和你一起坐着看过星星。"说着莞尔一笑,突然又像是想起什么,继续说道:"想必这儿离青城山也是不远了,爹爹过世,莫道道人曾派人前来吊唁。如今我们行经此地,理应前去拜谒还礼才是。"

阿木又是一阵挠首,不好意思道:"紫菱想得周全,理应如此才是。明日我们便启程去往青城山拜谒莫道道人。"

定了明日行程,阿木和紫菱便回到观内,又往火堆添了一些柴火,待紫菱睡熟,呼吸渐匀,阿木这才躺下睡去。

是夜无话。

28

青城山群峰环绕起伏、林木葱茏幽翠,状若城郭、形如叠嶂,丹梯千级,曲径通幽。望着这巍峨苍翠的青山,猕猴胡子又是一阵惊叹,道是青城山虽与蒙山一样挺拔,鬼斧神工,却与蒙山又有区别,蒙山四周亦有高山,相比之下便没了独特的景致,但青城山地处平原,四周坦实,唯高峰直耸入云,蔚为壮观。

"山中犹有读书台,风扫晴岚画障开。"

华月冰壶依旧在，青莲居士几时来。"

几人歇脚感叹一番，便循着丹梯向山上走去，一路上满目苍翠，心情也舒缓许多。但行不多时，紫菱便察觉有异，这青城山既有着"青城天下幽"的美誉，闻名遐迩，自当是游人如织才是，但从他们上山以来，便未见一个游人，甚至连上山打柴的樵夫，都没碰见一个。阿木也心中生疑，向猕猴胡子道："胡子，你飞檐走壁功夫了得，还是前去探路为妙。"

猕猴胡子却道："探路又有何意？我们此行当拜谒莫道道人，无论如何，都是要去的。倘若前方真有危险，难不成你我还要折路返回不成？"

紫菱道："胡子也言之有理。再者，你我都是第一次出蒙山，若这青城山本就是空谷幽石，我们却草木皆兵，倒是落了笑话。"

阿木道："紫菱所言极是。"

猕猴胡子不依了，说道："我说你这只笨猫，倒是学会溜须拍马了。倒没听你说我也所言极是？"

阿木想了想说道："嗯，你说得也很有道理。"

猕猴胡子无奈地耸耸肩，表示对阿木彻底无语。

又向上攀爬了约莫一个时辰，但见前方有一道观霍然出现在眼前，道观不大，但镶嵌在松柏苍翠之中，显得宁静清幽。

道观正门口悬挂一烫金牌匾，上书——清风观。按理说道观所在，宁静清幽应是最好不过，但青城山之道观与他处又有不同，加之莫道道人乃远近驰名的道家名流，清风观门可罗雀却也有违常理。3人来到门口，但见一小道童在打扫院落，猕猴胡子上前作揖道："敢问这位仙童，这清风观可是莫道道人主持？"

小道童还礼道："正是师父。请问几位是从隐逸村来的贵客吗？"

猕猴胡子听闻倍感诧异，转身看了看阿木，阿木将紫菱挡在身后，上前一步拱手道："在下隐逸村阿木，这位紫菱姑娘，这是猕猴胡子，我们3人特此前来拜谒莫道道人，还请仙童代为通报。"

小道童将铁扫帚放在一边，说道："家师身体抱恙，但今天早上叫我到跟前说有隐逸村的贵客到，只叫我好生招待，申时过后他老人家便会出关与诸位相见。诸位这边请。"说罢，也不管阿木3人是否愿意，便自顾自进得观来，然后朝西厢房走去。

3人狐疑地互相看看，也跟着进了清风观，但每个人都绷紧了神经，只觉这清风观处处充满诡异。清风观虽然打扫得肃静清雅，但阿木还是能感受到浓烈的人文香火气息，只是奇怪的是，除了前面的小道童，道观再无别的道士，更不要说香客了。阿木边走边观察着周围的一切，然后附在紫菱耳朵边小声说道："此地诡异万分，多加小心。"

小道童领阿木3人进了厢房，厢房里檀香袅袅，闻之使人气定神闲。小道童施礼道："诸位请在此稍作休息，小童前去取些粗茶，为诸位解乏。"说罢又是不等3人开口，便自顾出去了。

猕猴胡子见小道童出去后，忙说道："你们暂且在此歇息，我去探个究竟。"说完纵身一跃，便从窗口蹿了出去。紫菱看着阿木问道："莫道道人怎知你我今日会来？这清风观为何除了刚才那小道童再无他人？还有啊，莫道道人为何又要申时过后才与我们相见？这里到处都充满疑惑，阿木，我觉得有些害怕。"

阿木坚毅地看着紫菱说道："别怕，有我在。我们既来之则安之。胡子说得对，既然来了，纵然是未知的陷阱我们都不可能就此离开，再者如果是陷阱的话，恐怕也不是想脱身就能脱身的。反正，不管待会儿发生什么事，紫菱你只需待在我身后！"

紫菱疑惑地回答道："嗯。"

趁着小道童出去煮茶、猕猴胡子出去打探的空当，阿木仔细观察了下周围的环境。先是这厢房，厢房全是竹木结构，南北进深，中间设一屏风，将厢房一分为二，南北墙面各置竹床两张。如同清风观的院落一样，厢房朴素整洁，几净窗明，显然是经常有人打扫。阿木从猕猴胡子跳出的窗台向外望去，窗口正对道观走廊，从走廊拱门看去，能看到观内大殿。只是令人生疑的是，此时午时刚过，大殿却殿门紧闭，只留有一耳门微开。阿木本打算也出去再探探，但一想到厢房里只剩紫菱，一来紫菱本就害怕，二来猕猴胡子尚未回来他走了紫菱恐有危险，于是又回到厢房圆桌旁坐下。

坐了片刻，猕猴胡子匆匆赶了回来，进门后他坐下来说道："真是奇怪，这偌大的清风观硬是一个人影也没有。我去道士们住的舍间察看过，他们的生活用具都在，而且器具上并未有灰尘，说明这些东西最近都有人使用过。"

阿木接着说道："的确如此，你们看这厢房，道观中厢房多是给远道而来的香客安排的住处，这间厢房几净窗明，显然是有人经常打扫，说明最近都有人居住。"

猕猴胡子道："但这些人去哪了？像是人间蒸发了一样。"

紫菱说道："你们越说越吓人，还是不要想了的好。那小道童说莫道道人申时过后自会出关和我们相见，我们也不差这一个时辰，安心等等吧。"

阿木道："也只能如此了。"

这样又坐了一刻钟的样子，猕猴胡子有些按捺不住，又说道："这小道童说去煮茶，都过了这么久，怎么还没回来？"

紫菱道："兴许是小孩子贪玩。"

紫菱话音刚落，突然听见有人在远处喊道："师父！师父！快来人啊！"声音来源是个孩子，听着充满了焦急和恐慌。

29

听见有人呼救，阿木3人霍然起身，出得厢房，便循着声音而去。转过厢房外两个回廊，但见刚才领他们进门的小道童跪在地上，扶着一名摔倒在地上的清瘦老者。阿木定睛一看，这清瘦老者确是莫道道人不假！

莫道道人怎会这般虚弱地躺在地上？3人不及多想，忙上前去将莫道道人扶起来，猕猴胡子问小道童："尊师这是怎么了？怎会摔倒在这回廊？"

小道童略带哭腔道："小童也是不知，我从茶房煮茶出来，想给诸位端过去，不想走到回廊就看见师父躺在这儿了！呜呜。"

猕猴胡子知道从小道童那儿也得不到更多的信息，于是和阿木一道，小心挽扶着莫道道人到了厢房。小道童倒是还算机敏，从药房取来一瓶丹药，倒出两颗褐色药丸就着茶汤让莫道道人服下。片刻过后，莫道道人面色回暖，呼吸渐匀，神志也清醒了许多，于是说道："今日多亏几位贵客，不然老朽一把老骨头就算是该散了。"

阿木拱手客气道："真人言重了，晚辈等冒昧拜访，已是礼数不周，还请真人原宥。"

莫道道人自服了丹药，一直在厢房蒲团上闭目打坐，此时精气神已全然恢复，于是说道："少侠宅心仁厚，忠义勇武，恭谦有礼，老朽自是佩服。"

阿木说道："晚辈等途经贵地，是因为遵从笠清族长遗命，前往临安寻找，寻找……"话未说完，突然觉得这也是隐逸村的机密，一时不知该不该向莫道道人说起，便支支吾吾接不了下文。

莫道道人哈哈笑道："寻找茶灵，是也不是？"

阿木惭愧道："真人料事如神，晚辈未能坦诚，实在惭愧。"

莫道道人说道："这并不怪你。噢，你看老朽，真是老糊涂了，在这厢房与诸位说话，这岂是待客之道？招待不周，诸位莫要见怪。还情诸位贵客移步旁厅，我们吃茶长叙。"

紫菱和猕猴胡子忙起身还礼，然后与阿木一道跟着莫道道人去了旁厅。依次坐下后，莫道道人便开始点茶，他先从蒻叶编制的茶笼里取出茶饼"以净纸密裹捶碎",然后将敲碎的茶块放入碾槽,将其碾成粉末。

碾茶时,莫道道人感慨道:"所谓茶道,便是在日常饮茶中也能参悟出人生之道来。当年老朽与笠清族长,也是经常这样相向而坐,煮茶论道。如今老朽老而不死,与笠清族长后人饮茶长叙,真是恍若隔世呐。"

紫菱诧异道:"紫菱以为那日蒙山斗茶,真人与先父才初次见面,不曾想真人与先父之前亦有交情?"

莫道道人感慨道:"此事说来话长。我们一边吃茶,一边慢慢道来。"莫道道人一边说话,一边继续在铁碾槽快速地碾着茶块,又说:"这碾茶,动作要迅速果断,不能忘形长碾,迅速碾成能保证茶的洁白纯正,反之用时过长,这茶与铁碾接触过久,便会让茶的颜色受到损害。好比为人,凡事都要适可而止,切不可一味忘形贪婪,否则泰极丕来。那黑熊蛊毒的父亲便是一例。当年若不是他贪心不止也不会落得害人终害己的地步。"

阿木真诚道:"真人所言极是。"

莫道道人将茶碾好以后,将茶末放入茶罗中细筛以保证其点茶时"入汤轻泛,粥面光凝,尽茶色"。茶末筛好后,莫道道人便开始烧水候汤,水至二沸,阿木道:"鱼目蟹眼,晚辈若未听错，此水已到蟹眼。"莫道道人揭盖视之，顿感惊骇，问道："少侠对《茶经》颇有研究？"

阿木答道："略懂一二，昔日在笠清族长柴房帮母亲烧水，猜过一两次。"

莫道道人钦佩道："少侠谦虚了。这靠耳朵就能听出壶内开水几沸，此等功力老朽自是不及。"莫道道人又问："那少侠可知这点茶之水几沸最佳？"

阿木道："《茶经》所言，当用第二沸水。"

莫道道人笑道："陆鸿渐所言，绝也非虚，点茶之水，未熟则末浮，过熟则茶沉。然则尽信书也不全对。"

阿木道："还请真人赐教。"

莫道道人继续说道："点茶最好的水莫过于蔡襄所说的'背二涉三'，即刚过二沸不及三沸之时最为相宜。但老朽愚钝，想必这天下之人也差不多与老朽一样，鲜有能听出这'背二涉三'之人。不过今日遇见少侠，倒是老朽今生幸事，少侠耳朵聪颖，竟然能准确判断出是鱼目还是蟹眼。今日点茶，必将登峰造极，老朽此后再难有了。哈哈哈，少侠为人也犹若这壶开水。"

猕猴胡子不解道："真人，您说这笨熊猫其他的我都相信，但您说他犹若这壶开水，晚辈就很是不解了。"

莫道道人畅快笑道："民间有谚语道是'开水不响，响水不开'，阿木少侠身怀绝技，却深藏不露，内敛含蓄，不就是这'开水不响'吗？"

猕猴胡子自言自语道："我倒像这'响水不开'了。"

紫菱在一旁笑道："胡子，你是自找没趣。"

一时间，点茶的氛围变得轻松愉快起来。阿木倒是不为所动，并未参与到莫道道人与猕猴胡子和紫菱的对话当中，他仔细听着壶里的水声。突然，阿木抬头道："真人，'背二涉三'了。"

莫道道人忙将水壶提起，用开水冲涤茶盏以便使点茶时茶末上浮。随后，莫道道人将事先筛好的茶末分别放入茶盏，然后往茶盏注入少量开水，将其调制成极均匀的茶膏，尔后又一边注入开水一边用茶筅击拂，这样反复注水7次，汤至茶盏十分之六处，点茶便是完毕了。只见茶汤乳雾汹涌、溢盏而起，周回凝而不动。

莫道道人感慨道："老朽此生爱茶，也曾悉心点茶，然论成绩，却始终不及今日。"于是叫来小道童，将茶盏分别端至阿木、紫菱、猕猴胡子跟前，且特意嘱咐阿木和紫菱的茶盏去托。

猕猴胡子不解问道："何以晚辈所持茶盏有托，这只笨熊猫和紫菱却只有茶盏？"

阿木严肃道："我和紫菱尚在服丧，茶托朱赤，不宜托用。"

猕猴胡子疑惑地看向莫道道人，莫道道人说道："正是如此。诸位不要客气，请用茶。"

30

3人吃了茶，终于还是回到本身的疑虑，紫菱问道："真人，晚辈有诸多疑问，还请为之解答。"

莫道道人笑道："姑娘但说无妨。"

紫菱说道："为何您知道我们会来，而清风观除您和小道童外不见他人，还有您又为何会虚弱地摔倒在回廊，这会儿您又说与先父交往颇深，却为何又在斗茶大会当日视若初见？"

莫道道人想了想，说道："其实，你所有的疑惑，都是一个疑问。因果关联，你所问的问题都是有关系的，这还要从10年前令尊与黑熊蛊毒的父亲那次斗茶说起！"

紫菱急迫道："还请真人明示。"

莫道道人说道："老朽与令尊私交甚密，一起切磋茶技，一起探讨人生，老朽在令尊的长流壶绝技《龙行十八式》帮助之下，自创'拜水十六式'，从而在茶界享有尊誉，但令尊与老朽的交往外人并不知晓，因为我们一直努力地默默在做一件事情，那就是寻找茶灵。这事事关重大，老朽与令尊的交往就被刻意隐藏了。10年前，黑熊蛊毒的父亲与倭国妖僧一尾守鹤勾结，挑战令尊，他们想要得到蒙山五峰，在贡茶上下毒，以达到乱我社稷、问鼎中原的目的。那时候令尊急忙找到老朽，告知寻找茶灵的事刻不容缓，无奈10年过去，茶灵却杳无音讯。直至今年开春，老朽得到消息，倭国，也就是现在的日本国妖僧一尾守鹤再次踏上中原，卷土重来，想必是又有阴谋。老朽将这个消息传递给令尊，果不其然，令尊查实，一尾守鹤到得中原以后，再次来到蜀地对黑熊蛊毒进行了蛊惑。随后，老朽秘密前往隐逸村与令尊会面，商讨对策，却不想你已被蛊毒所擒。令尊将一尾守鹤想要得到的东西交给我代为保管，让我在此次风波之后再送回隐逸村，此后便是蛊毒向令尊下战书，举行斗茶大会了。

"斗茶大会当日，老朽以宾客的身份混入笠清茶肆。诸位有所不知，那日斗茶看上去赏心悦目，实则下面暗藏杀机，那妖僧一尾守鹤也在看客之列，老朽观斗之时注意过茶肆内的宾客，竟有半数是倭人！想必笠清族长也早已察觉，他知道此劫再难化解，以至于他自己不得不选择自断经脉，断了一尾守鹤的念想。毕竟这还是一尾守鹤的阴谋，只要他死了，蛊毒就再无理由继续向隐逸村发难,一尾守鹤也无法立即亮明身份要抢夺他想要的东西。令尊顾全大局,舍生取义,实在令人敬佩。"

听到莫道道人的陈述,紫菱仿佛又回到了斗茶大会当日,她似乎看见了父亲对她的不舍,以及对现实场面不可控制的无奈,她也似乎看到了父亲绝望之下为保全隐逸村和誓死守卫的"秘密"而选择舍生取义的豪迈与勇敢。一回想起这些,紫菱眼泪便无休止地落下,自顾自地喊道:"爹爹!"阿木也是,眼睛通红,一时间竟不知该说什么好。

莫道道人继续说道:"令尊自断经脉之后,老朽悲愤不已,名为为其号脉,实则告诉他老朽今日不打算活着离开了。他却叫了一声'紫菱',而后在我手心写下一个'走'字。老朽知道他的意思,他是想告诉老朽,若硬拼的话他的死将毫无价值可言。不得已,老朽只能带着那个'秘密'含恨离去,连最后一程都没能送他。"

说到这里,莫道道人也是一阵唏嘘感慨。稍微调整了一下,莫道道人继续说道:"斗茶大会之后,老朽回到清风观,不曾想那妖僧一尾守鹤竟然已经狗急跳墙,他知老朽在茶界尚有一些名声,便想通过老朽去帮他寻找他想要之物。"

阿木问道:"那一尾守鹤是想要得到什么?"

狝猴胡子道："这还用问，笠清族长临终时让我们找茶灵，还有审安老人散落在异次元空间的《茶具图赞》和十二法器。那妖僧对茶灵避还来不及，肯定不愿去找，剩下的便只是这《茶具图赞》和十二法器了。笠清族长不是说这'十二先生'每一茶具都附有诗文赞语，传闻此十二图谱蕴含着治国大策，得图谱者得大道嘛。"

莫道道人肯定道："确是此物不假。"

莫道道人继续说道："那妖僧诡计多端，老朽与之交手，却不想他武艺之高，实在让人匪夷所思。他不仅行动迅猛，而且还会使用妖法移形换位，进行分身。后来老朽才知道这便是东瀛忍术，只是在当时，老朽不敌，落了下风。那妖僧对老朽众弟子施毒，好在小道童上山采药幸免于难，妖僧要我在3月之内找到他所要之物，否则一众弟子将毒气攻心，全身溃烂而亡。这几日，老朽通宵达旦地想要研制出解毒制药，无奈妖僧所施毒药乃东瀛奇毒，中原未曾有闻。"

阿木憎根道："毒气攻心而亡？笠清族长当年所中之毒亦当是此毒不假了。这妖僧心狠手辣，好不知廉耻！"

莫道道人无奈道："他若知廉耻，这茶界乃至中原社稷，也不会有此劫难了。老朽昨夜夜观天象，知有贵客临门，思来想去诸位定是受笠清族长遗命前去寻找茶灵，也该是到这个地界了,所以诸位到得清风观却无一人,便是这原因。老朽那日与一尾守鹤交手,也受了内伤,加之这几日为众弟子调试解药,故而晕倒在地。"

紫菱感慨道:"原来如此,真人受苦了。"

莫道道人说道:"老朽已是行将就木之人,死不足惜,但老朽一众弟子实在无辜,确实不忍见他们无端受牵连,要对付一尾守鹤,恐怕除了茶灵,再没人是他的对手。所以老朽也在此恳请诸位,一定要找到茶灵,守住'十二法器',千万不能让那妖僧夺了去。"

阿木道:"请真人放心,族长遗命晚辈不敢忘记。就是上刀山下油锅,晚辈也当全力以赴。"

莫道道人从怀里取出一张绢帛,说道:"对了,这便是笠清族长要我代为保管之物。现在我将它还给你们,笠清族长誓死都要保护这条绢帛,想必也是重要至极的了。"

紫菱接过绢帛,但见绢帛上歪歪扭扭画着一些线条,线条纵横交错,完全看不出所绘何意,绢帛底端写着"十二先生",左右两侧是一副对联。紫菱觉得这幅对联好生熟悉,念了一遍,终于回想起这便是笠清茶肆门口所挂的对联。对联是父亲所写,只是从笔迹上看,绢帛上的字应是匆忙写上去的——

青箬笠,绿蓑衣,淡拨斜风细雨

三皇地，五峰岭，清扬明道正迹

31

阿木和猕猴胡子先后从紫菱手里接过绢帛，都没能看出这上面所书所绘是什么意思，于是纷纷将目光投向莫道道人。

莫道道人也是摇头道："说来惭愧，老朽自知也是了解笠清族长之人，却也参不透这其中的奥妙。不过少侠既是笠清族长生前信任能找到茶灵的人选，这绢帛便理应由你保管，你们拿着日后定是能派上用场。参悟奥义，也不急在这一时半刻。"

阿木将绢帛交与紫菱收拣好，向莫道道人拱手道："真人所言甚是。"

聊天至此，茶汤已吃得差不多，小道童收拣茶盏离去。莫道道人感慨道："长江后浪推前浪，今天这一盏茶，有幸得木少侠相助，让老朽终于在有生之年品了一回'十全茶'，幸哉，幸哉。当日斗茶大会之上，老朽见少侠只是一茶肆伙计，却功力深厚，力无虚发，将'亢龙有悔'使到无我的境界，便知少侠是深藏不露的高手，今日又有幸见识少侠'听音辨水'之功，着实让老朽佩服。这寻找茶灵，拯救茶界和社稷的重任落在少侠与诸位身上也算是庆幸，老朽也就放心了。"

阿木被莫道道人说成身怀绝世武功，显得有些局促。因为他深知自己并没有什么高深的武力和纯熟的长流壶技艺，上次斗茶大会，他代替笠清族长出战，乃生平第一次使长流壶，只是为何他拿着寒铁长壶能将黑熊蛊犊的招式全然记住，至今他都弄不明白。笠清族长将《龙行十八式》传给他以后，他也曾在私下练习过，但奇怪的是，就连那日在斗茶大会上使的"亢龙有悔"他都无法将各个招式精准地连贯在一起，不是接壶的时候壶掉在地上，就是出水的时候水溅洒在茶盏之外，那《龙行十八式》第一式的口诀——"顺手正握壶，转壶管向前，左手托壶底，弓步上左前，直似松挺立，春阳照面官，壶至泰山顶，四指合压管，炯炯目直视，蛟龙出海田"，阿木至今都理解不了，又何谈什么功力深厚、力无虚发呢？想到这，阿木心里既是惭愧，又是惶恐，忙拱手向莫道道人讨教道："真人对晚辈有所误会，此次上山，一来我等专程拜谒真人，二来晚辈也有私心，有些问题晚辈百思不得其解，想请真人指教点化。"

莫道道人道："少侠客气了，但凡老朽能帮上忙的地方，尽管开口。"

阿木刚想把自己的情况说与莫道道人，旁边猕猴胡子却说道："诶诶诶，阿木你够了啊。真人给众道长疗伤，已经筋疲力尽，好不容易才坐下来休息一下，又被我们缠着。这会儿你还想麻烦真人什么？"

阿木恍然大悟道："我……"

紫菱道："胡子说得对，还是请真人回房休息。你的事，稍后再说。"

莫道道人笑道："这倒无碍。不过弟子们此时还在大殿打坐，我是该去看一看了。要不明日老朽领诸位在这青城山上转一转，边走边解答少侠的疑问，不知诸位意下如何？"

阿木忙说道："晚辈鲁莽，岂敢再劳真人大驾。"

莫道道人说道："既然如此，也罢。明日老朽还是在这清风观与诸位畅谈。山野之地，条件简陋，今晚就委屈诸位在厢房住下。"

紫菱还礼道："多谢真人盛情，床榻软被，已经强过我们在外露宿百倍。那我们就先回房间，不打扰真人了。"

3人施礼退下，回到厢房。猕猴胡子坐不住，说要出去走走，领略下这"青城天下幽"的盛景，问阿木、紫菱去不去。紫菱说自己身体有些乏，想休息片刻。阿木见紫菱有些闷闷不乐，也谢绝与猕猴胡子同去。猕猴胡子调侃道："你们熊猫就是懒，走到哪儿都想休息。"说着自顾自出了门。

猕猴胡子走后，紫菱便坐在桌子边发呆。阿木知道紫菱还在想刚才莫道道人说的话，莫道道人说笠清族长为了保全隐逸村，也为了保护这块绢帛，才不得已自尽。紫菱为爹爹感伤也是人之常情，也就没有打扰她，但阿木也没有做别的事，他就坐在紫菱身边，一言不发跟着发愣。片刻过后，紫菱像是自言自语说道："爹爹在天之灵，一定会保佑我们完成使命。"

阿木接话道："紫菱，族长深明大义，是我们隐逸村的骄傲和灵魂，他日回到隐逸村，我定将族长的良苦用心告诉族人，要他们知晓，我们的安宁生活是族长用生命换回来的。"

紫菱看着阿木，坚定地说道："嗯。"紫菱自阿木接受爹爹遗命那一刻开始，就对他有一种说不出的感觉，像是越发坚固的信任，又像是不明所以的依赖。总之，每当看到阿木不顾一切挺身而出，或者用坚毅的目光看着她对她承诺一些"保护"的话，她心里就会感觉到前所未有的踏实和安稳，这种感觉之前没有任何人带给她过。并且这种感觉在从隐逸村出来以后，变得更加强烈，就像前两日在破旧的道观歇息，紫菱睁开眼不见阿木的身影，顿时感觉到一阵紧张，但当她和阿木并排坐在外面的时候，这种紧张感就立马消退，那种安稳的感觉又瞬间袭来。紫菱先前也当这是对朋友的信赖，但猕猴胡子同样是她的朋友，她却对胡子没有一丁点离不开的感觉。

阿木见紫菱面色好转,就想带她出去散散心,于是忙说道:"要不,我们也出去走走?不然胡子一个人又该嘟囔了。"

紫菱微微一笑,道:"好。"

两人刚准备起身,猕猴胡子却回来了。猕猴胡子说道:"你俩可真是奇怪。"

阿木道:"你怎么这么快就回来了?"

猕猴胡子道:"有句诗怎么念来着,'山气日夕佳,飞鸟相与还'。我刚爬到外面很高的一棵树上,感受了一下这句诗的意境,天快黑了,我就回来咯。"

紫菱"噗嗤"笑道:"没想到我们胡子还会吟诗?"

猕猴胡子道:"这有何难,不但会吟诗,我还会讲故事呢。我最擅长的就是讲鬼故事,你要不要听?"

紫菱道:"才不要听呢。不然晚上我一个人在这边怎么睡。"

猕猴胡子笑吟吟地道:"什么一个人,我们可说好了,你俩是熊猫,我是猕猴,这睡觉呢,我们以屏风为界,猕猴我就在这边啦,你两熊猫就在屏风那边。"

紫菱"唰"一下脸红了起来,道:"我看你不是胡子,是胡说。"心下却有一股羞涩的欣喜。

阿木一本正经地说道:"紫菱乃千金之躯,胡子你休得开玩笑。"

紫菱喜欢看到阿木为了她一本正经的样子，于是微笑着说道："好啦，阿木，看你严肃得。"

猕猴胡子假装气愤道："本来是开玩笑的，现在我认真了，今晚我还真不要你跟我一起住了。"

阿木说道："我，我睡外面就成。"

3人一扫几天的疲惫和紧张，又愉快地说了一会儿话，直到小道童叫他们用餐。

32

翌日清晨，阿木早早起了床，也没叫醒紫菱和猕猴胡子，一个人背着寒铁长壶到道观后院练习长流壶茶技。但他还是一如既往地出错，所练习的招式和《龙行十八式》根本不在一个节奏之上，更像是一只笨熊在表演生疏的杂技，练了两式，均毫无章法可言。阿木练习长流壶，恰好被莫道道人路过时看在眼里，莫道道人先是以为阿木在热身杂耍，于是驻足欣赏，看了两招，但见阿木动作笨拙，力道松散，全然不是那日斗茶大会上的表现，于是也心生疑虑，皱着眉头继续观察。

阿木停下歇息，见莫道道人站在一旁，忙上前拱手道："晚辈打扰真人清修了。"

莫道道人还礼道："哪里哪里。老朽也是路过，见少侠在此修炼，心下好奇才……

"不过，恕老朽直言，少侠所练，老朽确实看不明白。这……"莫道道人欲言又止，实在无法将阿木的拙劣技艺说出口。

阿木见莫道道人欲言又止，便知是自己技艺难入法眼，于是上前道："这正是晚辈此次上山的另外一个目的。"

莫道道人狐疑道："噢？"

于是阿木将自己当年无意间打败黑熊岭两名侍从从蛊毒手里救下猕猴胡子，在数里之外的溪边听到紫菱的呼救，斗茶大会上又鬼使神差地用"亢龙有悔"打败蛊毒，一五一十地讲了。他告诉莫道道人每当自己处于绝望和危难之境时，便觉胸口滚烫、耳朵嗡鸣、眼睛充血，所有人所有事就像在时间里定格一样，以至于他能清晰地看到这些人的毛发在运动时摇摆的样子，也能轻而易举地跑到敌人跟前将"站着不动"的敌人击倒，阿木说自己也不知道为什么当他有上述症状的时候，所有人都会"附和"着他，而一旦上述症状消退，周围的一切又恢复了原样。这也是为什么他现在拿着寒铁长壶却无法流畅地使出《龙行十八式》里任何一式的原因。

莫道道人见识过阿木的招式行云流水、力无虚发，也看见过眼前阿木将《龙行十八式》练成杂耍，所以听完阿木陈述，自也是相信的，于是疑惑说道：

"少侠之惑，老朽也是头一次遇见。还请伸出右手，让老朽号上一号。"

阿木将右手抬起，莫道道人用食指和中指搭在阿木手腕之上，微微闭目，阿木屏气凝神也是不敢心存杂念。片刻后，莫道道人突然睁开眼说道："少侠的脉象，好生奇怪！"

阿木疑惑道："噢？还请真人明示。"

莫道道人说道："若是寻常郎中号之，少侠脉象定是均率平稳，并无异样，但若精心而察，不难发现平稳的脉象之下，每隔七脉便有暗流突涌，似千军万马，又似大江过境，好生厉害。此种脉象，老朽若是没有猜错，定是体内真气荡涌所致，换言之，少侠体内蕴藏着一股被七经八络束缚的强大真气，平时隐藏体内不易激发，而每当危难之际，心率渐快，血液迸积，由四肢冲于胸室，致使任督二脉通畅，真气外泄，便有了少侠所言的那几次突发神技。

"但任督二脉开合，因人而异，非外力所及，故而老朽就算是有心为少侠打通，也不知该如何下手。少侠天赋异禀，老朽无能为力。"说完，又是一阵叹息。

阿木道："晚辈自知生性愚钝，若真如真人所言，这股真气也算是幸而得之，不可强求，一切顺其自然吧。常言道，业精于勤,晚辈就算无法将体内真气运用自如,也可以勤补拙,把笠清族长传给晚辈的《龙行十八式》勤加练习,不负族长厚望。"

莫道道人见阿木并未对自身的奇异能力感到欣喜若狂,亦未对其不能运用自如而感到怅然若失,心下又是一阵钦佩,于是欣慰地说道:"道家所言'人法地,地法天,天法道,道法自然',少侠有这顺其自然的平常心态,实在难得。这红尘凡事皆讲究一个'缘'字,老朽妄自断言,既然少侠身怀绝技,定也不会就此埋没,他日缘到,自然会拨开云雾见月明的。"

不等阿木接话,莫道道人继续说道:"当年笠清族长大公无私,将《龙行十八式》倾囊相授,老朽才从中受到启发,独创这《拜水十六式》,老朽也算与少侠颇有渊源,今日就将这《拜水十六式》也传于少侠。"

阿木忙连忙拒绝:"真人使不得!晚辈非贵派弟子,岂敢觊觎这门绝学?"

莫道道人哈哈笑道:"什么门派绝学,不过是茶艺技能罢了。世人就是太过注重这些功利,才有了争斗与杀戮。老朽已是行将就木之人,岂能自私地将这《拜水十六式》带进棺材?再者,《拜水十六式》缘起《龙行十八式》,而少侠乃《龙行十八式》嫡传,老朽将其归还与你,也是其司命所属。"

说罢，莫道道人取过阿木的寒铁长壶，口里念道："老朽就先从《龙行十八式》第一式'蛟龙出海'开始。"莫道道人一边使着招式一边念着口诀："直似松挺立，春阳照面官，壶至泰山顶，四指合压管，炯炯目直视，蛟龙出海田"，寒铁长壶在他手里游刃有余，时而凌空飞旋，时而围身周转，莫道道人鹤自当空舞，又是别具特色！从第一式"蛟龙出海"一直到最后一式"龙转乾坤"，莫道道人招式连贯而俊秀、苍劲而飘逸，阿木在心里赞叹不已，心想自己不知要练习到何时才能有此造诣！《龙行十八式》使完，莫道道人又将《拜水十六式》使了一遍，这"拜水十六式"招如其名，加上莫道道人仙风道骨，阿木观看起来更是赏心悦目。当本是白鹤的莫道道人使出"白鹤饮露"时，阿木全然沉醉在了鹤游九霄的境界。

莫道道人使完所有招式，问阿木可曾记住，阿木坦诚道动作太快，虽已从头至尾眼睛不眨地看了一遍却并未完全记住。莫道道人听闻哈哈一笑道："换作他人，老朽定是要着急的，但少侠，哈哈，不急不急，既然从头至尾看完，他日定会自通！"

话音刚落，清风观外却突然传来声音喊道："师父，大事不好啦！"

但见一道士装扮的青年白鹤急匆匆进得观来，莫道道人上前问道："离亭，何事这般慌张？是不是已有一尾守鹤的消息了？"

那被唤作离亭的道士道："正是如此，果不出师傅所料，那一尾守鹤已经到了临安，将临安城大大小小的茶肆翻了个底朝天，弟子恐一尾守鹤前往建安茶肆寻事，便前往通风报信。岂料到达之时，建安茶肆已然被一尾守鹤攻破，茶肆也被更名为'清修茶观'了，那一尾守鹤以此为据点，囚禁了众多茶界名流，并放话要这些茶界名流一个月之内交出《茶具图赞》和'十二法器'，否则将把他们全部处死。"

此时紫菱和猕猴胡子听得外面有人说话，也匆匆赶了过来。莫道道人无限惋惜地说道："没想到来得这么快！这建安茶肆乃建安贡茶的制造之地，一尾守鹤这是对我中原社稷威严的挑衅。少侠，看来你们得抓紧时间了，老朽本想随同你们一起前往，但这……哎！"

阿木说道："真人还请在此为众道长疗伤，我们即刻启程，笠清族长临终前也说到临安，想必这临安与茶灵和'十二法器'都有着莫大的关系。"说罢转身对紫菱和猕猴胡子说：

"事不宜迟，我们出发吧。"说完3人便匆匆向莫道道人告别，下山去了。

33

临安南倚凤凰山，西临西湖，北部、东部皆为平原，其南北狭长，南宫北市，自宫殿北门向北延伸的御街贯穿全城，成为全城繁华区域，御街南段为衙署区，中段为中心商业区，茶肆、酒楼、杂耍场所集中的"瓦子"遍布全城，而又以茶肆最为突出。相传太祖灭后蜀，后蜀宫中金银玉器、书画古玩全被宋军缴获，太祖阅蜀宫画图，问起所用，侍从曰，乃奉人主尔。太祖曰，独揽孰若使众观邪？于是将古玩字画赐给了东门外诸多茶肆，以便市民大众阅览。自此临安茶肆，发展迅猛，且珍品云集——"插四时花、挂名人画、装点店面"。那一尾守鹤寻《茶具图赞》至临安，原因亦无外乎如此！

众多茶界名流被囚禁在建安茶肆后，整日被一尾守鹤要求写回忆录和人际关系概述，写不出来的，免不了一顿鞭笞，几日之后，便有人经不住折磨，在建安茶肆内自缢而亡！但恐怖却不仅如此，一尾守鹤为尽快找到《茶具图赞》和相应的"十二法器"，还派人四处抓捕懂茶或懂画之人，一时间中原之地风声鹤唳，怨声载道。

阿木一行3人在来临安的路上，就已经听闻一尾守鹤的暴行，想到笠清族长亦是被其逼迫致死，阿木心里便怒火腾升。

好在猕猴胡子倒是机警，关键时刻还能保持冷静，他从几户农家盗来衣服，又找来一些扁担和柴火，把一行3人打扮成了进城贩柴的樵夫。阿木依然披着蓑衣，戴着斗笠，猕猴胡子说道："我可不想一进城就直接被抓到建安茶肆，还没逛逛呢。都换上衣服。"又看了看阿木道："都差点忘了你打了十几年的柴，难怪不用装扮都像个樵夫。"

紫菱笑道："胡子不说，我倒没察觉呢。"又看了看自己的衣服，觉得倒是新鲜，于是原地转了两圈。

待得天色渐晚，3人这才进得城来。进城后，3人也不敢投宿客栈，这樵夫打扮前去住客栈难免让人生疑，于是找到一个客栈说愿意用一担柴换在柴房休息两宿，店小二这种情况遇得多了，想也没想便领了阿木3人去了柴房。

这样在柴房住了一宿，第二天天明，3人便各自上街，阿木与猕猴胡子担着柴火叫卖，紫菱则假装布衣四处打探，入夜后，3人便又回到柴房。通过一天的打探，3人将临安城的格局算是摸清楚了，也打探到建安茶肆的所在地。简单吃过干粮，阿木问紫菱接下来该怎么办。

紫菱想了想，说道："这临安城我们还是人生地不熟，更不知道我们想找的东西到底在哪，既然没有一点眉目，何不去敌营探探究竟？兴许能查出什么有用的线索。"

阿木点头道："也只好如此了。"说完,阿木和紫菱不约而同看向猕猴胡子。

猕猴胡子一脸无辜说道："怎么又是我？"

紫菱问道："你见过大笨熊爬房顶没？"

猕猴胡子摇头道："没见过。"

紫菱说道："那不就对了？胡子你可是我们3人里最能飞檐走壁的了,论这功夫,这世上怕是找不出几个。"

猕猴胡子道："这倒是句实话。"于是整理了衣服,嗖地一声从柴房围墙窜了出去。

按照离亭所述和白天的打探,猕猴胡子很快就找到了建安茶肆,建安茶肆因是皇家贡茶制造之地,位置紧靠大内,位于凤凰山绝壁。到得茶肆,猕猴胡子抬眼望去,茶肆果然已经被改名为"清修茶观"。见大门口并无看守,猕猴胡子蹿到门前,借着门口柱头,很快便爬上了围墙,然后又是一跃,便进得院来。院子里点了两盏路灯,影影绰绰,猕猴胡子在墙角榆树旁先躲藏了一会儿,见院内并无巡视,于是借着树干一跃到了前厅房顶。猕猴胡子身形灵巧,行走于房顶青瓦之上全无半点声息,刚走几步,但见瓦缝有灯光露出,下面有人在说话。

只听一个尖锐的声音说道："守鹤大人,关押的那些人,今日又死了两个。"

另一个声音沙哑道:"再死几人无妨,支那人往往只有将恐惧摆在他们面前,他们才会知道厉害。给他们现在的恐惧,是为了日后对我日本国的恩谢。你要知道,待我们得到这《茶具图赞》和十二法器,日本国逐鹿中原,成为他们的主宰,便势如破竹了。"

尖锐声音道:"大人英明。只是卑职愚钝,还有一事不明。"

沙哑声音道:"你且说来。"

尖锐声音道:"那日在隐逸村,大人本可将一众熊猫一网打尽,并加以审问,那《茶具图赞》的下落自然明了,可为何大人却视若不见,一任蛊犊那毛头小子败北,错失发难的良机?恕卑职直言,若是这般,也省却了我们现在逐个拷问这些废物的工夫。"

沙哑声音听完,哈哈笑道:"那笠清老儿的为人,老夫也算是了解,那日他明知自己有伤在身还与蛊犊决斗,想必是抱了必死的决心。我们若是硬来,恐怕他是死也不会透露半句关于《茶具图赞》的事,那隐逸村多年来在笠清老儿的治理下,早已不是一个弱势的熊猫族,不然黑熊岭这么多年也不会对他们置若罔闻。只要笠清老儿一句跟我们硬拼,我们也讨不到什么便宜;就算我们胜了,他们也誓死不会透露半个字。既然用蛊犠帮我们清理掉笠清这颗有点硬的绊脚石，又让《茶具图赞》的信息流落到一个弱者手上，我们又何乐不为呢？现在我们要做的，用支那的寓言说就是——守株待兔。哈哈哈。"

尖锐声音佩服道："守鹤大人真是深谋远虑！这一招卑职是无论如何也想不出来的。不过，既然大人知晓那《茶具图赞》的信息已从笠清那儿流落出来，为何还要抓这些没用的人？"

沙哑声音说道："我虽然知道寻找《茶具图赞》的线索已经流出，但当日隐逸村人多势众，笠清临死的时候传给谁，却也是个谜。一来这些在押的人或多或少都知道笠清的社会关系，要他们写出来，我们的脉络就清晰很多；二来抓这些没用的人，也是给对方传递一个信息，要他们上钩。相信对方此时已经到临安了。"

猕猴胡子在屋顶听得真切，也听出了一身冷汗。这沙哑的声音定是一尾守鹤不假，他这千方百计破坏临安茶肆，随意屠戮茶界名流原来只是引他们上钩，这用意之险恶、手段之毒辣，确是中原闻所未闻。猕猴胡子心下暗想："这世道险恶，确不是我们想的那么简单。我们一直简单地以为找到茶灵，便万事大吉，剩下对付一尾守鹤的事便与我们无关，却不曾想，原来我们的计划早在一尾守鹤的掌控之中。若不是今晚前来偷听消息，想必不出 3 日，便成了这一尾守鹤的瓮中之鳖。当务之急，还是赶快回去和阿木从长计议的好。"事不宜迟，猕猴胡子趁着屋内一尾守鹤还在说话之际，慢慢地退了回去。

34

猕猴胡子离开以后，阿木和紫菱自是放心不下，在柴房焦急地等待着，约莫一个时辰过去，阿木心下暗忖："莫不是胡子打探建安茶肆的消息被发现了？"紫菱也面露焦虑之色，自言自语道："胡子去了这么久，怎么还不回来？"

阿木不敢在紫菱面前说出自己的顾虑，他怕紫菱心里多一分担心，于是忙安慰道："胡子身形灵敏，当不会被轻易发现，只是这一个时辰快过去仍不见回来，恐是那建安茶肆情况复杂。"

想了想，阿木又说道："依我之见，紫菱你且在此等候，我去建安茶肆接应胡子。"

阿木要去接应胡子，本也是应该之事。但紫菱却有些不舍，她担心胡子的安危，更在乎阿木的处境，她不愿阿木从她身边离开。于是跟着说道："我跟你一起去。"

阿木认真道："我们都不知道建安茶肆的情况，贸然前去，若敌人设有埋伏，那我们就只有束手就擒了。你是笠清族长唯一的后人，也是隐逸村的希望，我不能让你有事。"

紫菱幽怨道："你只当我是爹爹的女儿，出于责任才保护我。是吗？"

阿木忙说道："不不不，不是这样，我，我只是，只是不希望你有事。"

紫菱双眼含泪，说道："可你知道吗，我也不想你有事！我知道你其实也担心胡子会不会有事，只是不愿说出来让我担心，可你不知道我更担心你此去凶险。"

阿木愣在那儿，心里一阵暖流涌过，他看着紫菱的眼睛，紫菱眼睛里尽是柔情和关切。阿木知道自己对紫菱的在乎，并不只是因为族长的嘱托。那日紫菱被蛊犎所擒，他便发觉自己紧张得无以复加，以至于没能在第一时间冷静下来，才导致后来的斗茶大会。但阿木并不愿承认，对他来说，紫菱是族长的掌上明珠，而他自己只是一个被收养的孤儿、一个愚笨的茶肆伙计。

阿木慌忙把目光移开，说道："我不会有事的。"

紫菱含泪坚持："反正，你去哪儿我就去哪儿。"

阿木内心已然动摇，但一想到紫菱安危，不得已假装严肃道："总之，你不能去。虽然我们才到这临安城不久，但我总觉得这里危机四伏,待我接应到胡子,便立马回来,然后从长计议。"

紫菱看着阿木不说话。

阿木目光闪烁道:"你,你相信我,我不会有事的。"说罢就往柴房外走去。

阿木刚走到柴房门口,便看见不远处一个身影向他走来。待走得近了,阿木发现正是猕猴胡子。阿木忙将他拉进屋,又看了看外面并无人跟踪,这才反锁了房门。紫菱见猕猴胡子安然回来,愁绪顿扫,忙说道:"你怎么去了这么久,我们担心死了。"

猕猴胡子看看四周,小声道:"噢,我在清修茶观多待了一会儿,听得一些消息。"

阿木不解道:"清修茶观,你是说建安茶肆?"

猕猴胡子道:"正是。我潜入茶肆,正好听得一尾守鹤和部下交谈交谈。"

阿木和紫菱同时问道:"他们说了什么?"

猕猴胡子道:"原来他们早已知晓我们的行踪,此次临安众多茶肆蒙难,也是为了引我们现身。"

阿木惊诧道:"啊?那我们岂不是早已被盯上了?"

猕猴胡子道:"那也不尽然,若是真被盯上,此时哪里还轮到我们3人在此说话？"

紫菱道："胡子言之有理，他们知道我们行踪却不现身，怕是想我们去找那《茶具图赞》，然后坐收渔翁之利。"

猕猴胡子道："正是如此。"

阿木冷笑道："这群妖人，我们又岂会任由他们宰割？现在我们既然知道他们的诡计，以后行事便要更加小心谨慎，寻找《茶具图赞》和十二法器，我们还得从长计议！"

紫菱叹气道："话是如此，但是目前我们就只有这一张绢帛，又被一尾守鹤这妖僧盯上，寻找《茶具图赞》和茶灵，怕是越发困难了。"

猕猴胡子想了想，说道："绢帛？对，我想这《茶具图赞》的下落一定藏在绢帛之中，快拿出来看看。"

紫菱从行囊中取出绢帛，3人又是一阵端详，但这绢帛所绘之图，线条纵横交错，除线条交汇处标有黑点外，其余毫无章法。3人皱着眉头看了半天，实在瞧不出什么端倪。

猕猴胡子道："此物目前是我们寻找《茶具图赞》的唯一线索，珍贵至极，还需好生保管。"

紫菱说道："胡子说得对。阿木，我是族长的女儿，要是日后我们真不幸被一尾守鹤所擒，想必第一个便会搜查我的行李。这绢帛还是放在你那儿为妙。"

阿木道："我也是隐逸村的人，并且受族长所托寻找《茶具图赞》，他们又岂会不第一时间搜我的身？我看我们一行3人，胡子动作最为迅速，加之他也非隐逸村熊猫，绢帛放他那儿最为合适。"

紫菱道："好。那这绢帛就由胡子你保管吧。"

猕猴胡子接过绢帛，又仔细看了一遍，然后揣在怀里认真道："为防止一尾守鹤的诡计，那就暂且这样。对了，刚才我还听闻被关押的那些茶界名流，已经有人熬不住折磨而死，我们得尽快想办法救出他们。"

阿木愤怒道："那是当然，这群混帐。"

猕猴胡子继续说道："此地不宜久留，我们还是换个地方落脚，再行商议解救之事。"

紫菱焦虑叹气道："哎！这临安城我们人生地不熟，又该往哪儿去呢？"

猕猴胡子道："常言道'最危险的地方便是最安全的地方'，我适才路过被一尾守鹤扫荡的茶肆，已是人去楼空。我们就去那儿落脚，二位意下如何？"

阿木道："我觉得此事可行。那事不宜迟，胡子你在前面带路，我们趁着天黑悄悄溜进去。"

说完，3人便收拾好行囊，由猕猴胡子领着朝前走去。

往南走了约莫两里路，便渐渐远离了集市，前面道路的两侧，隐约出现一些大户人家的府邸。猕猴胡子在前面带路，步伐很快，紫菱追上去问道："胡子，咱们还要走多久？"

猕猴胡子并不停下，只简短地回答道："快了。"

紫菱也不好再多问，继续跟着往前走去，但越往前走，地势越高，两侧的府邸也没有了，想必已是出了街市，紫菱暗想："胡子说去茶肆落脚，按理来说，茶肆应在商区才对，这怎地越走越远了？"于是心生狐疑，走到阿木身边小声说道："阿木，我总觉得胡子今晚怪怪的？"

阿木不以为然道："为什么这么说？"

紫菱道："起初我也并不觉得有什么异样，但现在越想越觉得蹊跷。胡子与我们相交多年，口直心快，按照他的性格，探听到这些骇人听闻的消息，回来自当是喋喋不休，但他今晚实在太镇定了，镇定得让我感觉是另外一个人。而且你有没有发现，他刚才在柴房和我们说话，也太过客气了！"

听紫菱这么一说，阿木一个激灵。自胡子回来以后，阿木也觉得哪里不对，却怎么也说不上来到底是哪儿不对，现在经紫菱这样一提醒，倒觉得紫菱所说都不是妄自猜测。猕猴胡子回来后，从头至尾没有叫过阿木与紫菱的名字，也并未表现出听得他们3人行踪败露后应有的焦虑、愤慨和恐慌。

相反的，倒是一切成竹在胸的样子。这难免有些反常。

阿木突然停住脚步，向走在前面的猕猴胡子喊道："站住！"

猕猴胡子一怔，转身问道："怎么了？马上就到了，你们干嘛停下？快走吧，快走吧。"说完也不等阿木说话，回过头催促着继续赶路。

黑夜的模糊中，阿木和紫菱互相看了一眼，又跟了上去，刚走了10步，紫菱突然大声道："啊？黑熊蛊毒！"

猕猴胡子停下，却并不回头，只不耐烦地说道："什么黑熊蛊毒？我说你俩搞什么？还不赶快走。"说完又继续往前走。

阿木和紫菱这下疑惑更深了，这猕猴胡子虽然胆大机敏，但对黑熊蛊毒却是有着本能的恐惧和憎恨，毕竟当年蛊毒险些要了他的命，又在斗茶大会上逼死了笠清族长。这会儿紫菱故意假装说黑熊蛊毒，猕猴胡子却像是并不知道蛊毒，毫无反应。阿木停住脚步，厉声道："你不是胡子！你到底是谁？"

猕猴胡子身子微微一怔，停下脚步慢慢转过身，然后阴阳怪气地说道："二位既然已经看出来了，在下也没必要再继续装下去。日本国一尾守鹤大人参将，二尾猫又！"说完，只见他脸上露出狰狞的笑，然后右手往脸上一抓，一块面具被扯了下来。

站在阿木与紫菱面前的，瞬时从猕猴胡子变成了一只形似狸猫，却又大过狸猫之物。阿木与紫菱都大吃一惊，心下暗自懊悔。只见阿木将紫菱拉到身后，一面看着这二尾猫又，一边焦急地对紫菱说道："紫菱你快走！"

二尾猫又发出尖锐的笑声，说道："想走？怕是没有机会了！"说罢，向着夜空发出"吱吱"的声音，这声音虽小，却异常刺耳，声音一停，但见前方灯火通明，灯火中露出一座府邸，正门前悬挂牌匾，上书"清修茶观"四个大字。

35

猕猴胡子偷听完一尾守鹤和二尾猫又的对话后，正准备悄然退去，忽听屋里一个沙哑的声音说道："房顶上的朋友既然来了，不妨下来吃一盏茶！"还不等猕猴胡子反应过来，那一尾守鹤便是借着立柱一跃，破顶而出。猕猴胡子瞬间被一尾守鹤一掌拍下，重重摔在了院子里。随后，一尾守鹤对猕猴胡子各种折磨，要他说出来清修茶观的目的和同行人的行踪，猕猴胡子终是咬牙不说。无奈之下，一尾守鹤不得已对猕猴胡子使用魅惑之术将其催眠，套出了阿木与紫菱的藏身之处。于是派二尾猫又易容成猕猴胡子，前去将阿木与紫菱引来。

这时，清修茶观大门被打开，从里面走出一人来，此人长相跟眼前这二尾猫又无异，但浑身被砂砾包裹，像是刚从泥堆里爬出来，看着着实让人生厌。二尾猫又上前一步道："卑职参见守鹤大人，这二人已然带到，请大人发落。"

一尾守鹤哈哈笑道："很好，很好。"

二尾猫又继续诌媚道："大人，此次还有意外收获。"说着，从怀里掏出绢帛，呈给了一尾守鹤。一尾守鹤拿着绢帛道："这便是笠清老儿流落出的秘密？哈哈哈好，真是踏破铁鞋无觅处得来全不费功夫。"

紫菱见二尾猫又将绢帛交给一尾守鹤，气愤地喊道："无耻小人，那是我爹爹的东西，你盗窃而来，真是恬不知耻！"

二尾猫又转身轻蔑地笑道："姑娘何出此言？这绢帛交给我，可是你们二位商量好的。"

阿木想到刚才在柴房二尾猫又易容成猕猴胡子骗得绢帛，又是悔恨又是气愤，怒火中烧，上前说道："大丈夫立于天地，行事当是光明磊落。使一些阴损的手段，还有何颜面在这世上立足，倘若你与我交手，杀了我，得到这绢帛，也比这般来得光明！"

一尾守鹤不屑道："年纪轻轻，口气倒是不小。你想死，也不急在这一时半会儿。待我问得这绢帛的秘密，自当送你们一程。来人啊,把那只猴子带出来。"但见猕猴胡子浑身上下伤痕累累,血迹斑斑,显然是受过酷刑,猕猴胡子见阿木和紫菱也被困,心生绝望,自是闭眼不语。阿木见才两个时辰不到,猕猴胡子已被折磨得这般境地,心里难过万分,要是当时他和紫菱不说让猕猴胡子去探敌营,他也不会遭罪!现在他们3人都沦为鱼肉,自身尚且难保,更不要说救下那些被擒获的茶界名流了。阿木虽然心知处境艰难,但嘴里却说道:"胡子,你挺住,我会救你的。"

胡子在两名侍从的押解之下,艰难睁开眼睛说道:"阿木,你相信我,我没有吐露你们行踪半句。"

紫菱见猕猴胡子伤势很重,却还澄清他没有泄露行踪,心下难过,在阿木背后嘤嘤哭泣道:"我们相信你,是我们害了你。"

一尾守鹤沙哑笑道:"真是情谊深重。你别说,这猴子嘴还真硬,吃了这么多苦头,硬是不说一句,要不是我用了魅惑之术,也没法将你们两个引过来,更得不到这块绢帛了。好啦,大家的时间都很紧,就别再叙旧了,现在摆在你们面前的只有一条路,老老实实地将这绢帛上所绘之意告诉老夫。否则的话,你朋友可要遭罪了!"说罢,左手轻轻一挥,只见猕猴胡子痛苦地嘶嚎一声,便跪在了地上!猕猴胡子跪在地上，声音颤抖地说道："恶贼！给爷爷来个痛快的。"一尾守鹤不急不缓说道："这可是你要求的，确实留你也没什么用处，那老夫就先送你一程吧。"说罢右手举起，照着猕猴胡子天灵盖就要拍下。

紫菱惊声大叫道："不要！"一尾守鹤将掌力收回，说道："噢？看来你们是想通了。"

阿木愤怒却无奈地说道："无论你信不信，我们确实不知道这绢帛所绘何意。"

一尾守鹤面色铁青："你们是诚心要戏弄老夫了？啊，是了，这姑娘是笠清老儿的闺女，不可能不知道这绢帛之意。"话音刚落，只听"呼呼"一声，一尾守鹤便已到得阿木跟前，还不等阿木反应，一尾守鹤便又回到刚才的位置了，只是身边多了一个紫菱！阿木见一尾守鹤功力深厚，眨眼间便将紫菱也掳了去，自己却毫无招架之力，心里说不出的滋味，歇斯底里地发出"啊"的长啸。

一尾守鹤轻笑道："生气了？噢，看来你是对这个姑娘用情至深呐。可又有什么用呢？毛头小子，竟敢螳臂当车。"

阿木一字一句，斩钉截铁道："妖僧！快放了她！"说完便脚下发力，朝一尾守鹤扑去。

二尾猫又见阿木发力，于是忽地挡住他的去路，与他交起手来。但仅仅3个回合，二尾猫又便将阿木踢倒在地。二尾猫又踩在阿木身上道："那日在笠清茶肆的斗茶大会上，见你功力还不弱，不曾想竟这般不堪一击。就这三脚猫功夫也想挡住守鹤大人的千秋计划？简直不自量力！"说罢，左脚一发力，重重踢在阿木肚子上，将他踢出丈远开外。阿木忍着剧痛，艰难站起来，但刚一起身只觉喉头一甜，吐出一口鲜血来。

一尾守鹤笑道："姑娘，我劝你还是老老实实地将这绢帛的秘密告诉老夫。免得你的郎君还有朋友再受皮肉之苦。"

阿木听一尾守鹤称他为紫菱的郎君，知是妖僧猥亵之言，于是踉跄着上前说道："妖僧，休要侮辱紫菱！"紫菱看着阿木受伤不轻，心里一阵痛楚，双眼含泪道："阿木！"

一尾守鹤沙哑着阴阳怪气道："真是郎情妾意。只是姑娘，你这眼光真不怎么好，这小子除了嘴巴硬，别无是处。而老夫最讨厌的就是实际没什么能力，嘴巴却硬的人。"说完，脸色一沉，"呼"地一声，到得阿木跟前，"砰、砰、砰"就是三掌向阿木击出，阿木虽然潜力未能被激发出来，但他听觉却一直灵敏，一尾守鹤向他移动过来的时候，就判断出他要攻击的方向了，于是身子在一尾守鹤出掌之前，便已作调整，以至于一尾守鹤三掌前两掌都落了空，只有最后一掌打在阿木胸膛。阿木一个趔趄，倒退几步，却并未倒地。一尾守鹤也是一惊，心下暗想："老夫驰骋沙场这么多年，还未有谁能躲开我的攻击。这小子竟是什么来头？见他与二尾猫又交手，全然没有力道，就算在场任何一个侍从都能将他打倒，可他又怎么能连避我两掌？"于是又连出三掌，掌风之快更胜前一招。这次阿木却连连避开，竟无一掌打在身上。一尾守鹤大惊，说道："小子，竟然能躲开老夫这'催心三式'，又何必藏着掖着，亮招吧！"

阿木却只坚定说道："我只想你放人！"

36

一尾守鹤见眼前这毛头小子身处困境却全然不惧，可以被二尾猫又踩在脚下却又轻而易举躲过他的"催心三式"，再一想到那日在斗茶大会上他功力之纯熟，力无虚发，心下顿时生疑："莫不是这小子使的什么障眼法，让我放松警惕，想诱骗老夫上当？"于是迅速退回到原位道："我看你是不见棺材不落泪。"说罢从怀里掏出一颗药丸，继而又说道："这颗药丸叫'催心丹'，服用之后，一炷香时间以内，全身血液倒流，返于心室，但只进不出，直到心室不能承受之重，然后'砰'的一声，爆裂而亡。"又转身问紫菱："再给你一次机会，这绢帛的秘密，你是说与不说？"紫菱正声道："妖僧！我就是知道也不会告诉你。"

一尾守鹤道："那就是你知道咯？"

紫菱将头扭向一边，不回答一尾守鹤的话。

一尾守鹤突然笑道："老夫想了想，也没必要知道这绢帛的秘密了，这《茶具图赞》和十二法器就算你们不说出下落，老夫也自有办法找到。"

紫菱见一尾守鹤这么久并未对他们下杀手，心下暗想："这一尾守鹤嘴巴上虽说不在乎绢帛的秘密，倘若真不在乎，又为何不干脆地将他们杀了，想必是要用死来要挟她罢了。"于是说道："我是族长的女儿，自是知道爹爹所绘这绢帛的用意。但我就是死，也不会告诉你的。"

一尾守鹤狡黠地笑道："果不其然，但既然姑娘这么强硬，那老夫就送你去见你死去的父亲吧！"说着一手捏开紫菱嘴巴，一手便要将药丸给她服下。

阿木紧张道："住手！你不许伤害她。"

一尾守鹤迟疑道："噢？莫非你有什么可以拿来交换这姑娘的性命？"

阿木义正言辞道："我愿以命相换。"

一尾守鹤道："有趣，有趣！我倒是要看看你是真的说到做到还是逞口舌之快。你若真愿意为她去死,就将这'催心丹'吃了,老夫保证不伤她性命。"

阿木坚定道:"好!"

紫菱大叫道:"阿木不可以,这妖僧言而无信,他是忌惮你,才使这诡计,你千万不要上当!"

一尾守鹤哈哈笑道:"老夫就知道你不敢。"

阿木道:"大丈夫说到做到,有何不敢?只是我死以后你又真能遵守诺言吗?"

一尾守鹤道:"老夫在日本国也算是有声望之人,今日当着众人既然说过要饶她性命,自会守诺。"

阿木说道:"不只是紫菱的性命,还有我朋友胡子。"

一尾守鹤道:"他的小命,不值一提。"说罢,便命令侍从将猕猴胡子放了。胡子来到阿木身边,虚弱地说道:"笨猫,你不要上他的当,紫菱说得对,这妖僧是忌惮你,想逼你自尽。就算要死,我们也要一起死。"

阿木说道:"今日之势,与当日笠清茶肆一样。我若不死,大家都不要想活命。那妖僧想要我死,我很清楚,就算我现在不给他讲条件,过不多时,他也会取我性命,那时候就没条件可讲了。胡子,我没什么朋友,也没能力做好你的朋友,我有一事相托,请帮我好好照顾紫菱。一定!"

一尾守鹤催促道："还磨叽什么呢，现在，是不是该履行你的诺言了？"

阿木将猕猴胡子拉在身后，径直朝一尾守鹤走去，然后从他手里接过这"催心丹"。紫菱在一旁歇斯底里地喊道："你不能这样，不能这样。妖僧！你要杀就杀我！"

但此时阿木已将药丸一口吃了下去，他知道若按照一尾守鹤所言，过不多时他就会心脏爆裂而死，这种死法确实可怖，于是深情地看了一眼紫菱，便快速退到了清修茶观旁的悬崖边上。紫菱已猜到阿木想要做什么，疯狂挣脱出一尾守鹤的束缚，跑到阿木面前。她死死将阿木抱住，哭得肝肠寸断，说道："你为什么不听我的？你为什么这么傻？你为什么要抛弃我？"

阿木第一次含情脉脉地看着紫菱，说道："紫菱，对不起，我答应过你不让你受伤害，却屡次食言，没能照顾好你是我没用，我不知道还能再为你做什么，这妖僧守诺，我的死也便是值得了。你要好好活着，今后找个好人家，好好过日子，再不过问这些烦事。"

紫菱把阿木越抱越紧，抽泣道："我不要找什么人家，我只要你。你怎么可以去死，你死了，我活着又还有什么意义？"

阿木看着紫菱会心一笑，用手将紫菱脸上的泪水轻轻擦去，艰难地说道："你心里有我，我也能含笑九泉了。"突然，阿木脸色陡变，瞬间全无血色，四肢也冰凉起来，而心里却犹如万马奔腾，狂跳不止。他知道定是药性发作，心里害怕紫菱看到他可怖的死状，于是使出全身力气从紫菱双臂里挣扎出来，朝着猕猴胡子喊道："胡子！紫菱就交给你了。"说罢，纵身一跃，跳下凤凰山万丈悬崖。

紫菱被阿木坠崖这举动吓傻了，她无法相信刚才还抱在怀里的人，眨眼之间就已跳下悬崖。等回过神来，嚎啕大哭，一个"不"字响彻深谷！紫菱情绪激动得在原地不知如何是好，像丢了魂一样兀自转了两圈，也往悬崖跳去。好在猕猴胡子自阿木坠崖那一刻，也被惊住，不顾一切地拖着受伤的身躯爬着、滚着来到悬崖边，这会儿见紫菱要跳崖，忙将其抱住。

紫菱和猕猴胡子趴在悬崖上向下看去，哪还有阿木的身影，夜色朦胧中，只有一层氤氲的雾气。

第三章 和

37

临安城的春天，不像川蜀，虽然寒食过后花都已凋谢得差不多了，但西湖周围胭脂粉黛，每当微风拂过，香气凝人，又像是整个春天还驻留在这临安城。此有诗为证："山外青山楼外楼，西湖歌舞几时休。暖风熏得游人醉，只把杭州作汴州。"紫菱已经在建安茶肆的窗台前，过了一个又一个日子。去年天气旧亭台，小园香径独徘徊！紫菱总是想起在隐逸村无忧无虑的日子，那时候她将爹爹请来的老师，气跑一个又一个；那时候她缠着阿木，让阿木带她去上街，让阿木带她去打柴。

阿木！

这个让他魂牵梦绕的阿木！自他纵身跳下悬崖以来，紫菱就再没有说过一句话，本来属于熊猫丰腴的身子，早已清瘦得不像样子。

昨夜雨疏风骤。

浓睡不消残酒。

试问卷帘人，

却道海棠依旧。

知否。

知否。

应是绿肥红瘦。

每当窗外传来西湖画船上这《如梦令》的唱曲儿，紫菱都不免潸然泪下，去年今日，物是人非。爹爹的音容宛在，阿木的忠厚也还写在他的脸上，可是她却只有闭上眼睛才能看到了。这一年的光景，自己最亲的人猝然离世，自己喜欢的人为了她也慷慨赴死，想到这些，紫菱又岂能再高兴得起来？她想过死，想过死了就一了百了。可她还是冥冥中抱有一丝希望，万一哪一天，阿木就站在这窗台上了呢？虽然这更像是痴人说梦，那一尾守鹤的毒药剧烈无比，阿木怎么可能生还？就算没被毒死，这万丈悬崖坠下，又岂有活命的机会？

紫菱没死，是因为她还在等一个消息。那日阿木跳下悬崖，紫菱本就要为之殉情，只是被猕猴胡子拦住，没能成功。阿木临终前曾托猕猴胡子好好照顾紫菱，紫菱那时候看着猕猴胡子，一字一句地坚定说道要猕猴胡子为她寻找阿木的尸骸。紫菱心想，定不能让阿木在这他乡做孤魂野鬼。待猕猴胡子找到阿木的尸骨，她再殉情——既然阿木答应爹爹照顾好我，爹爹死了，他也死了，自己也该去找他们才是。

一尾守鹤没有在阿木死后杀掉狒猴胡子和紫菱，倒不是因为他真的守信，而是因为一切如紫菱所料，那一尾守鹤还想从紫菱那里得到绢帛的秘密。阿木死后，狒猴胡子被打得半死，好在一尾守鹤并不把狒猴胡子当一回事，对他来说，杀不杀狒猴胡子都是一样，他只是一只狒猴，一只不可能对他寻找《茶具图赞》路上造成威胁的无用的狒猴，在紫菱以死相迫之下，一尾守鹤很随意地便将他放了。但是紫菱，却被一尾守鹤囚禁了起来。

一尾守鹤的意思是，他是承诺过不杀她，但他并没有说放了她。

紫菱也没有再挣扎，对她来说，阿木死了，这世上的一切都变得毫无意义，她的苟且只是为了狒猴胡子找到阿木的尸骨后与之殉情！所以，一尾守鹤放她还是囚禁她，都已是无关紧要的事了。一尾守鹤将紫菱囚禁在建安茶肆的阁楼之上，随时派人看守，他自己也是想尽办法，威逼利诱，想从紫菱那儿得到绢帛的秘密。但紫菱却再也没说过一句话。

这日，一尾守鹤与二尾猫又正在研究绢帛上的绘图，突然听得探子来报，说黑熊蛊毒派人送来书信，有要事禀告。一尾守鹤将绢帛收拣起来，揣在怀里，从探子那接过书信。但见书信上写着：

守鹤大人台启：

承蒙守鹤大人信任，我已查明笠清与青城山莫道道人颇有私交，恐我们追查之物，莫道道人全然知晓。

一尾守鹤看完信件，勃然大怒，说道："那莫道道人好生狡猾，当日在清风观，老夫自当他是茶界泰斗，与那笠清老儿并无瓜葛，才只要挟他一月之内找到《茶具图赞》，不曾想他与那笠清老儿早有密谋，竟将老夫蒙在鼓里！真是岂有此理，看来这清风观是留不得了！"说完当即召集了人马，将紫菱也带上，往青城山清风观去了。

阿木坠崖后，猕猴胡子不顾自己身受重伤，沿着凤凰山崖寻找阿木，从山崖顶上一直找到崖下西湖，寻找了7日，却并不见阿木尸骸。望着这沧浪湖水，猕猴胡子虽然不相信，却也不得不承认阿木或许早已沉入湖底。悲痛之余，猕猴胡子自己找了些草药，又调养了数日，身子渐好，便想着将这一噩耗带回青城山莫道道人，一来莫道道人是阿木的忘年之交，二来也告诉莫道道人这寻找茶灵和《茶具图赞》之事得再做打算了。

38

猕猴胡子日夜兼程，不出数日便到得清风观。莫道道人听闻这一噩耗,也是无限悲痛,直感慨这造物弄人,阿木天赋异禀,本是全茶界的希望,却不想遭此不幸,英年早逝。

猕猴胡子难过说道:"那一尾守鹤阴险狡诈,耳目众多,我们刚一到临安城,他便知道了我们的行踪。他大肆破坏临安茶肆,囚禁茶界名流,也是为了引我们前去,这都是他早就安排好的阴谋。"

莫道道人惋惜道:"无量天尊!少侠之殇,也算老朽所害!"

猕猴胡子道:"这怪不得真人。就算真人不说,我们也是要去临安的,只是没想到的是,刚到临安便蒙此大难。害得紫菱被擒,阿木他也……"说着又是一阵哽咽,猕猴胡子平复了一下心情继续说道:"晚辈此次回川,一来告丧,二来也想向真人请示,接下来我们该怎么做?"

莫道道人双眼微闭,说道:"且容老朽想想,"又说道,"老朽看居士伤病未愈,又不辞万里奔波,实在忍心不下。还请居士在这清风观住上几日,一来调养生息,二来也好商讨未来之事。"

猕猴胡子领命道:"多谢真人盛情,晚辈恭敬不如从命。"

莫道道人又补充说道:"对了,老朽还有一事想与居士商量。"

猕猴胡子道:"真人但说无妨。"

莫道道人道:"木少侠被一尾守鹤所害,以及紫菱被擒一事，居士还是暂且不要将消息带回隐逸村得好。笠清族长刚过世不久，若将此噩耗再带回隐逸村，我怕熊猫族人一时想不开，做出什么冲动的事来。再者，若消息传至那黑熊岭被蛊毒所知，怕是隐逸村又要鸡犬不宁了。"

狝猴胡子恭敬道："真人考虑周全，晚辈听命便是。"

狝猴胡子在清风观住下，但心却始终无法平息，他总是会不经意想到、梦到阿木，阿木是狝猴胡子的救命恩人，现在恩人已被一尾守鹤害死，他却在此苟且偷安！每思及此，便自责不已。莫道道人看出了狝猴胡子的心事，开解他道："常言道'苦心人，天不负，三千越甲可吞吴'，昔日勾践卧薪尝胆，终胜夫差，成就霸业，居士现在休养生息，是为了日后为阿木报仇，为茶界卫道，岂能算是苟且偷安？"

这样住了几日，狝猴胡子的伤势也好得差不多了。他找到莫道道人说道："晚辈这几日思来想去，还是决定回一趟临安城，想办法救出紫菱。"

莫道道人惊诧道："居士刚从虎口脱险，何故又要以身犯险？"

狝猴胡子道："这几日多谢真人照料，古人说'士为知己者死'，晚辈的生命在阿木坠崖而亡的时候便已置之度外。我想再探一探临安，就算救不出紫菱也要将绢帛拿回来。"说完便要告辞。

莫道道人无奈道:"既然居士主意已决,老朽也不便强留。此去凶险,居士要多加小心才是。"

猕猴胡子拜别莫道道人,正出得门来,却站在那儿不走了。原来一尾守鹤收到黑熊蛊毒传书,便马不停蹄赶往这青城山,这会儿到得清风观,正好迎着猕猴胡子的面而来。猕猴胡子一怔,他没想到一尾守鹤居然自己找来清风观,料定今日又是一场大难,不由得苦笑退了回去。观内莫道道人正在打坐,他这段时间一直致力于众弟子的解毒之法,大耗真气,显得疲惫不堪,见猕猴胡子又转身回来,说道:"居士想清楚了?"

猕猴胡子道:"不,真人。那妖僧已经来了。"

莫道道人叹气道:"三月期限未到,妖僧却再次上山,恐怕这次清风观是在劫难逃了。"

猕猴胡子答道:"既然注定如此,那就跟他们拼个鱼死网破吧。"

莫道道人起身,环顾四周道:"这清风观是老朽一手修造,当日建成之时,老朽也定没想过,它建于我手,也将毁于我手。这道法自然,莫不成这便是自然?也罢也罢,功名利禄,终是一抔黄土。那一尾守鹤急功近利,狼子野心,纵然我们无法阻止他,这大千宇宙,又岂能让他衍活千年?就算他得到《茶具图赞》,他有生之年也不会看到他想要的光景。哎,该来的终究是要来,那就让他早些来吧。"

话音刚落,一尾守鹤率着二尾猫又和黑熊蛊毒等一众便已来到大殿,边进门边哈哈大笑道:"看来道人还是有自知之明的。"

莫道道人道:"无量寿佛!"

一尾守鹤道:"道人把老夫骗得好惨,今日怕是要给老夫一个说法了。"

莫道道人说道:"老朽自问出道多年,做事无愧于心,亦无愧于天地,又岂对阁下有欺骗之理?"

黑熊蛊犇抢着说道:"我近日得知,道人曾与笠清族长颇有私交。这事不假吧?"

莫道道人哈哈笑道:"简直是笑话,我与笠清族长琴箫和鸣,志趣相投,纵有交情又与你们何干?你们貌似管得也太宽了一点。"

一尾守鹤道:"老夫此次前来中原的目的,想必道人也是再清楚不过,只要与老夫寻找之物有关的事,老夫都要过问。笠清老儿临死之时,道人又敢说他没交给你什么吗?"

莫道道人说道:"这川蜀之地,算不得中原。"

一尾守鹤道:"道人又何必给老夫拌嘴皮子?依老夫之见,

道人还是将那《茶具图赞》的秘密说出来，免得这清风观生灵涂炭。道人，你意下如何？"

莫道道人道："阁下这是在威胁老朽？"

一尾守鹤想了想说道："姑且可以这么说。"

莫道道人凛然道："你倭国寸土之地，本该效典法祖，向中原朝贡，却不想你们数典忘祖，竟有曲蛇吞象之心。当年秦始皇派道人及三千童男童女到东瀛炼制丹药，才促使你们懂得文明，后来汉帝光武赐给你们国王金印，魏明帝又赐给卑弥呼'亲魏倭王'，才使得你倭国事事效仿中原，逐渐强大。现在阁下却怀有二心，想要吞噬我华夏，这岂不是欺师灭祖、杀君弑父？"

一尾守鹤道："我日本国自'本朝意识'觉醒以来，举国上下发愤图强，众志成城。再看你们中原，现在被金人、蒙古人、契丹人打得一败涂地，偏安一隅。按说你们也该痛定思痛，奋起反击，但事实如何？那临安城夜夜笙歌，奢靡虚华——商女不知亡国恨，隔江犹唱后庭花，用这句诗来说你们的现状毫不为过。既然你们支那的窝囊废担不起这恢复华夏的担子，我们日本国又岂能置之不理？溯本归源，日本国与中原同气连枝，老夫所做的，才是光复华夏的千秋伟业！"

莫道道人讥讽道："阁下巧舌如簧，好不知耻。竟然将这龌龊之事,说得如此冠冕堂皇。"

一尾守鹤道:"说这么多又有何用?道人今日要是不说出这《茶具图赞》的秘密来,你这清风观从今日起便要在这世上消失了。"

莫道道人镇定道:"那又如何,纵是我清风观今日被你屠戮,这华夏千年基业,又岂是你辈所能撼动?"

一尾守鹤怒道:"老夫敬你是中原豪杰,茶界名流,才这般客气,本想着能与道人以茶论道,斗一场茶来着。但看来道人是敬酒不吃要吃罚酒,那就休怪老夫无礼了。"说罢,双手合十一用力,浑身砂砾四溅,整个大殿都弥漫在了沙尘之中。

39

猕猴胡子心下暗想:"这妖僧,好邪恶的功夫!"

这一尾守鹤本是日本国奈良沙漠的异形狸猫,后被高僧灌顶,皈依空海和尚所创的"真言宗",从而得到了"真言宗"的真传。他身形敏捷、野心勃勃,很快便熟习日本忍术,又精通了中原茶道。海空和尚圆寂后,他便在异次元空间继承"真言宗"。此次发难中原,也是他在梦中向日本高仓天皇进献谗言所致。

莫道道人见一尾守鹤发力,知是一场打斗在所难免,今日怕是难以全身而退。于是一边全身聚力，一边对猕猴胡子说道："居士并非我清风观人，一会打斗起来，还是择机离开为妙。"猕猴胡子却说道："晚辈虽然技不如人，不是这妖僧的对手，但也不是贪生怕死之徒。"说着便向一尾守鹤看去，只见蛊毒身旁，站着紫菱，她目光呆滞，面无表情，猕猴胡子又说道："真人多加小心，我寻得机会就去营救紫菱。"

这时，一尾守鹤已先发制人，向莫道道人攻去。莫道道人全力招架，很快便与之拆了十余招，一尾守鹤突然左手发力，攻向莫道道人面门，其左手发出，沙雾弥漫，莫道道人视力受阻，难以辨别方向，不得已纵身一跃，使出白鹤展翅，飞到了大殿横梁之上。一尾守鹤一招落空却也并不恼，他顺势将左掌猛然击在地上，身子接着反弹之力也腾至横梁，随后右脚在墙壁一蹬，整个人便像是离弦之箭，旋转着朝莫道道人再次攻来。莫道道人使出长流壶技艺里自创的《拜水十六式》中的"蜻蜓点水"，在横梁上脚尖轻点，便又是向上腾升，直穿破房顶，一飞冲天。那房上的小青瓦噼里啪啦被击得四处飞溅，洒落一地。一尾守鹤二击不中，在横梁上迅速调整身姿，回首又要出招。莫道道人腾出房顶后，双手化翅，一声鹤鸣，然后俯身向下，使出"锦鲤入水"。但见莫道道人将身上羽毛取下 10 根，然后顺势洒下。那羽毛本轻若游鸿，但在莫道道人的力道之下,每一根都幻化成飞刀利器,直向一尾守鹤奔来。一尾守鹤忙从横梁上一跃而下,只听"哒、哒、哒",那白色羽毛其中5根,正好全部插在横梁之上,入木三分。一尾守鹤心下暗惊:"若不是我反应迅速,这5把利刃便是要打在身上了。"但一尾守鹤还没来得及再多想,那剩下的5根羽毛,又向着他飞来。一尾守鹤落地后顺势一滚,"哒、哒、哒"再次避开这5道白光。此时莫道道人已经回落至横梁,与站在地上的一尾守鹤对峙着。

一尾守鹤笑道:"没想到道人还是使暗器的行家,那老夫就和你会上一会。"说完大喝一声,这大殿里的砂砾竟然像是受到了感召,齐刷刷地向莫道道人飞去。莫道道人左躲右闪,也巧妙地避开,在其躲闪之时也不忘再次洒出羽毛,向一尾守鹤刺去。那一尾守鹤这次却不闪躲,只见他浑身一抖,又是抖出无数砂砾来,这些砂砾在他身边形成了一个防护罩,莫道道人的羽毛刺在上面,却再也近不了一尾守鹤的身。莫道道人见状不由得一惊,心中暗想:"这妖僧功力竟有多醇厚,能将泥沙当成护具!"他心中虽惊,但手上招式却是不减,羽毛被阻后,他又跃到一尾守鹤身边和他交起手来。交手数招,莫道道人发现一尾守鹤招式里腹部是空当,于是心中暗喜,右手发力全力朝一尾守鹤打去。但刚一打到身上,莫道道人便心中暗叫"不好",他这一掌打去,哪是打在一尾守鹤身上,明明是一团沙雾!此时莫道道人将全部精力集中在那一尾守鹤招式的空当之上,身体防御减弱,已经让一尾守鹤有机可乘了。莫道道人只听身后一个声音沙哑说道:"道人,老夫在此呢。"突然感到后背一凉,紧接着一阵疼痛袭来,自己踉跄地向前走了几步。原来一尾守鹤在和莫道道人正面交手之时,便使出了分身忍术,一眨眼功夫窜至莫道道人身后,然后突施冷箭,使出"催心三式",正中莫道道人后心。

莫道道人受伤,口吐鲜血,看着一尾守鹤道:"阁下好邪恶的功夫。"

一尾守鹤笑道:"承让,承让!"

莫道道人还想再战,但身子已不听使唤,他只觉得心中像是一团火在燃烧,着实让人难受,刚走了两步便摇摇欲坠。猕猴胡子本想趁莫道道人和一尾守鹤交手之际,偷偷潜入敌方解救紫菱,但那黑熊蛊毒和二尾猫又始终站在紫菱身边,让他毫无机会可言。加之他又见一尾守鹤和莫道道人斗得难舍难分,心中牵挂莫道道人的安危,所以始终没有行动。这会儿莫道道人负伤,走了两步便要倒下,猕猴胡子忙上前将其扶住。

一尾守鹤笑道:"小子,那日老夫放了你一条生路,你自己不珍惜，今日怕是容不得你继续活在这世上了。"

猕猴胡子凛然道："要杀要剐，悉听尊便！"

一尾守鹤道："不急不急，你先将这牛鼻子老道给扶好。待我问得这《茶具图赞》的下落，再杀你不迟。"

莫道道人喘着气说道："胡居士说得对，要杀要剐，悉听尊便！你想从老朽这得到《茶具图赞》的下落，门儿也没有。"

一尾守鹤听闻，却也不恼，像是自顾自地说道："这些支那人，怎地都一个德行？手上功夫不怎么样，嘴巴倒是挺硬。道人，我看你还是不要逞强了。"说完，转身向二尾猫又做了个手势，二尾猫又领命，不多时便将清风观那中毒受伤已一月有余的众弟子带到大殿。

40

一尾守鹤走到一个弟子面前，向莫道道人说道："道人，这秘密你说是不说？"

莫道道人道："老夫不知！"

只听"啪"的一声，一尾守鹤已将该弟子天灵盖打碎，这小道士还没来得及呻吟一下，便倒地殒命了。

莫道道人大喊道："妖僧，你好生毒辣！"一口鲜血喷涌而出。一尾守鹤走到第二个道士面前说道："道人还是嘴硬吗？

你就能眼睁睁看着你的弟子们一个一个在你面前死去？"

那道士显然已被吓得魂飞魄散，战战兢兢说道："师父，师父，徒儿还不想……"一个"死"字还没说出口，一尾守鹤便右掌发力，那道士便顿时殒命。

莫道道人气得浑身颤抖，却也无可奈何，他此时已经心力交瘁，确实无力再起来与一尾守鹤抗衡。眼看这清风观上上下下几十口人就要挨着送命，做师父的却无能为力，于是心下悲凉，闭眼长叹。

猕猴胡子道："妖僧！残杀无辜，你还算什么英雄好汉？"

一尾守鹤无所谓道："英雄好汉？那是你们支那人喜欢的。我们日本国，只有效忠和胜利。为了胜利，别说无辜，就算至亲也照杀不误。"

莫道道人道："你不要再作恶了。"

一尾守鹤说道："好啊。"便走到莫道道人身边，从怀里掏出那张绢帛，说道："那你就老老实实地把这绢帛上所写、所绘之意告诉老夫。"

莫道道人说道："老朽对天起誓，这绢帛所绘之意，老朽确实不知。"

一尾守鹤道："噢？"说完转身向二尾猫又使个眼色，那二尾猫又又是一掌，将第三名弟子处死。

莫道道人怒不可遏道："住手，住手！我说！"

一尾守鹤笑着说道："道人早点说，这3个道士也不会枉死了。"

猕猴胡子在一旁说道："真人，这妖僧心狠手辣。就算我们把这绢帛的秘密告诉他，他也不会放过我们。"

一尾守鹤道："这猴子说的倒也是。不过老夫向来喜欢凭心情做事，道人告诉我这绢帛的含义，老夫万一一高兴，留你们多活一段时间倒不是没有可能的。"

杀人诛心，莫道道人像是已被全然击垮，他自顾喃喃地说道："老朽只知道，这绢帛上所书'青箬笠，绿蓑衣，淡拨斜风细雨；三皇地，五峰岭，清扬明道正迹'是和寻找茶灵有关。其余的一概不知。"

一尾守鹤问道："这副对联究竟何意？"

莫道道人说道："青箬笠，绿蓑衣，这句话取自刘禹锡的《竹枝词》，想必是说这茶灵与竹有关。"

一尾守鹤像是自言自语，手上拿着绢帛，抬头闭目道："青箬笠，绿蓑衣？"

突然，一阵风吹过，一尾守鹤像是想到了什么，猛地睁开眼大喜道："老夫知道了！"说罢，再次向手上的绢帛看去。但就这一看，一尾守鹤大惊，他手里空空如也，哪还有什么绢帛!

"那么,你又知道了什么?"一个声音从大殿的角落传来。

众人纷纷循着声音朝大殿角落看去。但见一人头戴斗笠,斗笠压得极低,辨不清容貌,身上披着蓑衣,蓑衣外面背着一皮革包裹的长物,像是一柄长剑。这人手里拿着绢帛缓缓向莫道道人和一尾守鹤走来。所有人见他居然悄无声息便将一尾守鹤手里的绢帛夺了去,都颇为惊诧。因为在场的人,除了刚才感受到一股清风掠过,根本没有看清,准确地说是根本没有看到他是如何从一尾守鹤手里将绢帛夺去的。这犹如鬼魅的身法,比一尾守鹤刚才使的分身忍术还让人惊叹!

这一定是鬼魅,只有鬼魅才能凭空将手中的东西瞬间转移到他的手上!

一尾守鹤定了定神道:"阁下何方神圣?老夫与阁下素无来往,不知阁下为何要夺我绢帛?"莫道道人和猕猴胡子也一时分不清来人是敌是友,警惕地看着他。

那人拿着绢帛说道:"这绢帛,怕也不是阁下之物吧。"

一尾守鹤当即断定,此人来者不善,于是笑道:"阁下故弄玄虚,何不取下斗笠,以真面目示人呢?"

那人道:"故弄玄虚,那是阁下惯用的伎俩。在下只是好奇阁下从这绢帛之中知道了什么。阁下要是如实相告,在下好奇心满足后，自当让你们离去。"

一尾守鹤哈哈笑道："好大的口气，老夫还是第一次听到这般狂妄的话。阁下之意，若是老夫不肯依着阁下，岂不是要我们这一干人等将性命留在这清风观？"

那人淡定说道："性命留下大可不必，请阁下在此住上个10年8年倒是无妨。"

一尾守鹤突然收住笑，厉声道："那就看看你有没有这个本事了？"说罢身形一抖，宛若疾风向斗笠人攻去，从力道上看，一尾守鹤与莫道道人打斗之时若是使出七分，这次出击那便是全力以赴了。这疾风所至，飞沙走石，猕猴胡子见一尾守鹤攻来，忙将莫道道人扶着躲向一边，他俩刚躲开，身边的案台便被这疾风卷入，瞬间被卸了个七八块。莫道道人诧异说道："这妖僧果然厉害，贫道的确不是他的对手。"

猕猴胡子道："真人，这来人究竟是敌是友？"

41

莫道道人说道："从他和一尾守鹤的对话来看，想必也是想知道这绢帛上的秘密。是敌是友，老朽也是不知。今日人为刀俎，我等皆为鱼肉，也不用去管他是敌是友了，静观其变吧。"

说话间，一尾守鹤化作的疾风已然席卷至那斗笠人面前，但见那斗笠人纹丝不动，只在疾风到达面前之时，迅速伸出一掌，然后收回，而一尾守鹤却连退了四五步。这种打斗，众人皆是不解，刚才一尾守鹤与莫道道人打斗之时，飞檐走壁、暗器频发、飞沙走石、雷霆万钧，直看得人心惊胆战，但这会儿一尾守鹤使出比刚才还要猛烈的力道，却在斗笠人纹丝不动之下，轻轻一掌便将他逼退了四五步。

一尾守鹤退却四五步，心下大惊："我这一招，疾风旋转，快如闪电，就算是日本国乃至中原的高手，也未必能躲闪得过。这人不但丝毫不去躲闪，还能在这么快的旋转之中找到我的命门，若不是我反应迅速急忙退回，恐怕此时已遭此毒手了。"又想："这一幕怎地如此似曾相识？这人究竟什么来头？"来不及再想，一尾守鹤需要的是迅速占据场上上风，然后速战速决。只见他脚尖蹬地，凌空而起，浑身一抖，抖出无数坚硬的砂石，然后双手运气，嘴里大喝道："出！"那些砂石顿时犹如暴雨梨花一样像斗笠人射去。斗笠人见砂石飞来，也是用脚蹬地，然后整个人凌空飞转，那蓑衣顿时撒开，像一把大伞，将飞来的砂石"当、当、当"全部挡了出去，挡出去的砂石像是长了眼睛一样径直向一尾守鹤的部下飞去，只听哀鸿一片，一尾守鹤的部众已倒下一半。

一尾守鹤大惊,忙使出分身忍术,霎时间移形换位,速度之快,令人眼花缭乱,一时间这清风观的大殿豁然多出几个一尾守鹤来。莫道道人见一尾守鹤使出分身忍术,知道这妖僧此招厉害,于是本能地喊道:"小心!"那斗笠人并不着急,从容地与一尾守鹤打斗起来,无论一尾守鹤变幻出多少分身,那斗笠人都能从无数个一尾守鹤中找到本尊。这样斗了十余个回合,一尾守鹤见并未占到上风,于是迅速退回道:"阁下究竟何方神圣,今日竟要在此与老夫为难?"

斗笠人不紧不慢说道:"在下已经说过,只要阁下答应在下的请求,自当放你们下山。"

一尾守鹤怒道:"都还愣着干嘛?给我一起上,今日血洗清风观!"

二尾猫又和黑熊蛊毒领命,迅速加入到战斗当中。但见3人出招,招招狠毒,每一式都直攻斗笠人要害。但这斗笠人功力之深,实在让人难以置信,其与3人缠斗,游刃有余,并未处下风。这斗了30回合,早已从大殿斗至院落,一尾守鹤逐渐体力不支,斗笠人抓住机会,凌空一掌劈出,正中一尾守鹤左胸,一尾守鹤"砰"的一声摔在了地上。

二尾猫又和黑熊蛊毒见一尾守鹤受伤,慌忙回撤,将一尾守鹤扶起。此时猕猴胡子扶着莫道道人出了大殿,倚在古松树上，一尾守鹤剩下的部下也押着紫菱退回到主子身边。一尾守鹤起身说道："阁下武功高强，老夫自认不是对手。还请阁下露出庐山真面目，也让老夫输得心服口服。"

那斗笠人说道："好。"说罢便将头上斗笠摘了下来。

一尾守鹤大惊道："是你！你还没有死！"

被羁押的一直目光涣散的紫菱见斗笠人将斗笠取下，顿时欣喜若狂，她哭着笑着大叫道："阿木！"

那日在临安城建安茶肆，阿木不得已服下一尾守鹤的"催心丹"，药力发作之时，他不忍心紫菱看到他死亡的可怖景象，于是纵身一跃跳下这凤凰山崖。岂料被崖上一棵大树所挡，幸免于难。但阿木知道这"催心丹"药力已然发作，虽不及摔死，也定会心脏崩裂而亡，于是万念俱灰，闭目等死。果不其然，这药力最强劲之时，阿木只觉心脏快要蹦出来，他呼吸急促，目光涣散，脑袋像是被抽掉所有东西，一片空白，四肢也冰凉得像是寒冬腊月的树枝，毫无知觉。但这种感觉维持了一刻钟的样子，自己却还没有死，紧接着，他又有了另一种感受，他感觉到身体的血液又开始倒流，先是冲向四肢，四肢顿时肿大，而后又汇聚在心室，他再次无法呼吸。维系片刻，这血液便向脑袋冲去，阿木只觉得眼睛充血，耳朵嗡鸣，太阳穴处青筋暴起，脑袋像是要炸了。同时他又感觉到身体里除了血液以外，还有另一种东西在跟着血液四处乱窜，当其聚于丹田之时，丹田处便有一股暖流；当其发散至四肢，四肢就充满了力道。阿木闭目，一任这东西跟着血液四处游走，他感觉自己越来越轻，像是一根羽毛一样飞了起来，直到自己渐渐地失去知觉。

当阿木再次醒来，已是5天5夜之后。醒来时，阿木以为自己已经死了，他睁开眼睛，天空湛蓝如洗。过得片刻，阿木坐起身来，发现自己的斗笠、蓑衣还有其他一干物件，都还在身上，这才如梦初醒，知是自己还活着，不免一阵欣喜。于是忙起身离开，但一脚踩空却差一点摔倒，他仔细审视周围，发现自己原来还躺在崖上的大树之上。接下来，阿木顺着山崖爬到崖底，到底后，阿木抬头望去，只见这悬崖犹如刀削，险峻异常，不免心中生寒。但突然发觉自己似乎下这悬崖并未花太多力气，心下疑虑，又往上爬去，这一爬不要紧，阿木只觉得脚下生风，仅顺势登了两步，便已到得四丈高。再次下得崖底，阿木知道自己力道已然大增。

几天几夜没吃东西，阿木身形瘦了一圈。瘦了一圈的阿木，行动更加敏捷。但无奈饥饿难忍，于是就近找了些吃的，补充了体力，又在西湖边上调养了数日，待身体全然恢复后，便回去找猕猴胡子和紫菱。

阿木先是去了曾经落脚的柴房，但店小二告诉他，猕猴胡子一直没回去过。于是又去囚禁紫菱的建安茶肆，在建安茶肆外蹲守了两日，也没见一尾守鹤和紫菱的身影，茶肆里似乎只剩了一尾守鹤的部众。阿木猜想一尾守鹤可能是将紫菱带去了别的地方，于是准备离开，突然想起既然自己力道已然跟从前大不一样，何不趁一尾守鹤不在，前去茶肆试探一番。如果侥幸，兴许还救得出被囚禁的茶界名流。

让阿木感到意外的是，当他一屏气凝神，那些一尾守鹤的部下在他眼里顿时像被定住一样，一如当年解救猕猴胡子时候蛊毒的部下一样。他到得一个侍从身边，右手用力向其击去，只见那侍从像是受到巨大冲击，身子在空中划出一道弧线，然后摔出三丈之远。阿木见自己的力道之大，也是吓了一跳，再看那被击中的侍从，已然毙命！这是阿木第一次杀人，心里难免恐慌，于是接下来出手就要轻得多了。很快，阿木发现自己对力道已经能收放自如。阿木心里自是开心，这些留守在建安茶肆的倭人，全充当了他练手的道具。仅一盏茶的工夫，这建安茶肆内百余名倭人，便已横七竖八地躺在了地上。

阿木先释放了被囚禁的众人，然后抓住一个倭人询问一尾守鹤和紫菱的下落，这才被告知原来一尾守鹤带着紫菱已于两天前启程去了青城山。

阿木心中惦记莫道道人和紫菱,于是也马不停蹄地向青城山赶去。

42

阿木见到紫菱,心里也是一阵温暖,于是关切地问道:"紫菱,你可无恙?"

紫菱却欣喜得语无伦次,她没有回答阿木的话,而是说道:"阿木,你没有死,你真的没有死!"说着便又哭了起来。

阿木见紫菱嘤嘤哭泣,心中自是难过,这近一月未见,紫菱面色黯淡,身子也消瘦了很多,他知道这都是因为他,紫菱当是以为自己已经死了,才会这般消沉。

一尾守鹤道:"老夫既然答应了你饶她性命,定会遵守诺言。"

猕猴胡子和莫道道人听到紫菱叫这斗笠人"阿木",虽然斗笠人背对着他俩,并且身子也比阿木消瘦,但也相信紫菱定然不会认错人,于是高兴不已。猕猴胡子道:"阿木,你可别再信这妖僧的话了。他不杀我和紫菱,只是因为那时候还猜不透这绢帛的秘密。"

一尾守鹤道:"这绢帛的秘密一半已经解开!"

阿木道："只要你说出来，我便放你下山。"

一尾守鹤道："但我想先知道，你中了我的'催心丹'，又从山崖跳下，为何没有死？"

阿木道："莫道真人曾告诉我说，道法自然，这世间只是因果循环，存在自有它存在的意义。那日服下你的'催心丹'，我又纵身跳下悬崖，当是必死无疑。但事有凑巧，我被一棵大树阻挡，从而幸免于难，我不但没有死，反拜你所赐，你那'催心丹'恰巧成了打通我任督二脉的良药。不然今日我又岂能这样站在你的面前？"

一尾守鹤无奈笑道："哈哈哈哈，老夫机关算尽，却始终棋错一着。那日你本身并没有这么强的力道，只因老夫使出'催心三式'你都接连避开，老夫恐其中有诈，才没有下杀手，也才想方设法逼你自尽。现在想来，老夫当日真该直接将你了结，不然也不会到得今日的地步。"

阿木道："这世上没有什么后悔药，凡事只要无愧于天地，又哪来这么多悔不当初？"

莫道道人听闻，微笑着向猕猴胡子道："阿木不但力道恢复，这悟性也是提高了许多。"

阿木继续说道："现在，该你说了，这绢帛之中你知道了什么？"

一尾守鹤说沉思片刻,说道:"这绢帛所绘,乃《茶具图赞》和十二法器的藏身地,但这副对联,却是告诉你们所谓茶灵的信息。说来可笑,要找茶灵的人始终找不到,不想找的人却将他找了出来!"

阿木疑惑道:"你这话什么意思?"

一尾守鹤念道:"青箬笠,绿蓑衣,淡拨斜风细雨;三皇地,五峰岭,清扬明道正迹。这句对联里,说了四处有关茶灵的信息,只要找出来三处,茶灵之谜便跃然纸上了。"

阿木继续问道:"哪四处?"

一尾守鹤道:"这第一处,三皇地,五峰岭,这说的便是蒙山五峰;第二处,上下联隐藏着'笠清'二字,说的便是这茶灵与笠清或者笠清茶肆有关;第三处,也是适才莫道道人提醒了老夫,莫道道人说'青箬笠,绿蓑衣'这句诗,取自刘禹锡的《竹枝词》,与竹有关的,蒙山五峰,隐逸村,笠清,这说的正是你熊猫一族;最后一处,也是老夫适才见你真容最终肯定之处,青箬笠、绿蓑衣,这茶灵头戴斗笠,身披蓑衣。你们千方百计要寻找的茶灵,却不想正是你自己!"

除了一尾守鹤,在场的所有人都感到惊讶万分,他们心里似乎都在这样问——这传说中护茶卫道的茶灵真的就是眼前这个曾经的茶肆伙计、隐逸村收养的愚笨孤儿吗?莫道道人也是一阵惊叹,进而感慨道:"不识庐山真面目,只缘身在此山中。经他这么一说,这绢帛上对联之意,也当真如此了。难怪少侠耳聪异于常人,又天生具有这真气力道。对茶道技艺更是无师自通。老朽真是糊涂至极,茶灵就在身边还四处寻找。"

阿木被一尾守鹤认定为茶灵,一时之间也无法相信,他从身后取下皮革长物,然后打开,取出寒铁长壶,口里喃喃道:"怎么会?笠清族长将《龙行十八式》和这寒铁长壶交与我,我自当是族长临终所托,从未想过自己就是什么茶灵。这世事瞬息万变,真叫人一时间无法接受。"

一尾守鹤继续说道:"老夫纵横疆场,杀人如麻,就算你是茶灵又如何?同样无法阻止老夫的千秋计划。"

阿木说道:"如果真如你说言,我便是这茶灵,那护茶卫道便更是我的分内之事了。今日你已败于我手,但我不忍杀你,只要你答应退回倭国,发誓永不踏入中原半步,我定保你和你的部下无恙!"

一尾守鹤冷笑两声,坚定道:"我今日被你所败不假,但恐怕还容不得你跟我谈条件。"说完走到紫菱身边,迅速将一颗药丸塞进了她的嘴里。阿木见状大惊,大声喊道:"住手!"说着"呼"的一声便已从一尾守鹤手中将紫菱救了出来,回到原位。阿木身手之快，众人又是一阵惊叹。

但阿木还是晚了一步，那药丸已被紫菱吞下。阿木冲着一尾守鹤怒道："你给她吃了什么？"

一尾守鹤狡黠笑道："那是老夫秘制的毒药，解药只有老夫才有。你若想救她，两个月之内，找到《茶具图赞》和十二法器，然后交给老夫，老夫自当将解药奉上。但是你听清楚，这毒药要是两个月期限到了而不服解药，这姑娘便会全身溃烂，流血不止而亡。你若不信，看看她右手手腕便知。"

阿木紧张地抬起紫菱右手，但见她右手手腕上血管，已有一寸瘀青。一尾守鹤道："待这瘀青延伸至手臂，就算老夫给了你解药，也怕是无能为力。阁下可要想清楚了。"

阿木将紫菱扶到莫道道人处，转身一字一句说道："我本想放你走，却不想你这妖僧到这时候还如此心狠手辣，死不悔改。你今日不交出解药，休想踏出这清风观半步！"说完便全身运气，向一尾守鹤攻去。阿木掌力之刚猛，速度之迅速，就连莫道道人都皱了眉头——这明显是一招不留活路的杀招，阿木是要彻底击垮一尾守鹤！哪知一尾守鹤已料到阿木会先发制人，他向二尾猫又使了一个眼色，然后两人将黑熊蛊毒突然抓住，然后从背后顺势一掌，那蛊毒便朝着阿木飞了过来。阿木见一尾守鹤竟卑鄙得用蛊毒做挡箭牌，心下吃惊，这蛊毒虽然逼死笠清族长，但阿木除了想制伏给紫菱施毒的一尾守鹤，其余人终是不忍心杀戮，于是忙收回力道。但阿木速度实在太快，纵然他已尽力收回力道，但掌风打在蛊毒身上依然将蛊毒击出丈远开外，蛊毒倒在地上口吐鲜血，一时间昏死了过去。

阿木想要再追，但一尾守鹤舍下了同行的侍从，早已和二尾猫又一起，没了踪影。

43

阿木回头去看受伤的莫道道人，莫道道人说道："老朽这把老骨头还死不了，少侠无须挂怀，还是看看紫菱姑娘吧。"

阿木于是将紫菱从猕猴胡子身边抱了起来，说道："紫菱，才一月不到，你却憔悴成这般光景，我知道这都是我的错。你不要说话，我先带你回房间休息。"紫菱深情地看着他，虽然身体有些虚弱，却依然微笑着说道："我就知道你不会这么容易死。我就知道！我让胡子去找你，心里想，如果你还活着，我就等你；如果你死了，我就陪你。"阿木见紫菱对他这般痴情，心里又是感动，又是难过，于是嗔怪道："我这不好好的吗？以后不许再说这样的话了。"

紫菱像是瞬间卸下了心里所有的包袱，将头靠在阿木的胸膛，安稳地说道："嗯。"

安顿好紫菱，阿木回到清风观大殿，但见莫道道人正拖着受伤的身体在给黑熊蛊犼号脉，莫道道人说道："他还有救。"

猕猴胡子却在一旁说道："真人宅心仁厚，但这蛊犼为虎作伥，先是逼死笠清族长，后又险些害得真人蒙难，死有余辜。真人何必再为他操心，还是调息自己的伤势要紧。"

莫道道人道："这蛊犼虽然率犯大错，却也是受了一尾守鹤的蛊惑，老朽做不到见死不救。"

阿木走近说道："真人胸襟广阔，我等晚辈自叹不如。真人说得对，这蛊犼虽然可恨，但终究是受了一尾守鹤摆布，笠清族长的死，也算不得被他所逼。"

莫道道人说道："少侠所言极是。那日斗茶大会之上，笠清族长自断经脉，那蛊犼也并未有过阴谋得逞后的喜悦，老朽倒是从他的眼神里看到一些自责。他10年来苦练茶技，想的也只是战胜笠清族长，霸占那蒙山五峰，完成他父亲的遗愿，为父报仇。细细想来，也无可厚非，只是这件事牵扯进了一尾守鹤这奸诈之人，便有了别的味道。"

猕猴胡子道："无论怎么说，他甘愿受一尾守鹤唆使，害我华夏根基，就这一点便不能救他。"

阿木说道："茶道所讲，和、静、怡、真。这一个'和'

字排在最前面。我知道胡子你还记恨当年蛊犊差点将你害死，但这冤冤相报，又何时能了？为何不能将这世间的仇怨，化干戈为玉帛？"

猕猴胡子嘟囔道："噢，你现在是茶灵了，你怎么说都对。"

莫道道人笑道："居士快人快语，亦是难得的爽快之人。"

猕猴胡子道："真人莫要取笑晚辈，晚辈有事，先行告退。"说罢沉着脸走了。阿木知道猕猴胡子的秉性，虽然他口里不说原谅这蛊犊，但心里对莫道道人和阿木说的话，还是颇为赞同。

小住了几日，阿木见紫菱手上瘀青又生长了近半寸，心里着急，想着唯有寻找到《茶具图赞》和那"十二法器"方能救紫菱性命，于是与猕猴胡子商量，让其暂留清风观，一来此次清风观被一尾守鹤破坏，百废待兴，猕猴胡子可以帮忙；二来莫道道人本身有伤，又还要为他人施救，猕猴胡子亦可多个照应。商量妥当之后，自己便带着紫菱前去寻找图谱。

莫道道人说道："这绢帛剩下的秘密尚未解开，不知少侠欲往何处寻之？"

阿木茫然道："晚辈也是不知，但一直在真人这也不是办法。"说着看了看身边的紫菱。

莫道道人心知阿木牵挂紫菱，也不好再多说，只说道："少侠和姑娘一路上还需多加小心,那一尾守鹤诡计多端,不可不防。"

紫菱说道:"多谢真人提醒,现在一尾守鹤想通过我们找到《茶具图赞》,想必也不会使诈。"

莫道道人说道:"老朽只是担心少侠他宅心仁厚,心性善良,与那妖僧相遇,这……"

紫菱说道:"有我在他身边,真人还请放心。"说着深情地望向阿木。

莫道道人哈哈笑道:"少侠与姑娘郎才女貌,珠联璧合。老朽确实多话了。"

紫菱脸一红,不知怎么接莫道道人的话。倒是阿木,依然一本正经地说道:

"晚辈想再去一趟临安城。"

莫道道人说道:"也可!笠清族长临终前说到临安,定有玄机在里面。那老朽就不留二位了,二位路上多加小心才是。"

阿木和紫菱于是拜别莫道道人,下山去了。

44

经过莫道道人几天的救治,黑熊蛊犊算是从鬼门关回来了。蛊犊醒来时见莫道道人和猕猴胡子都在房间,又看了看周围,便知自己身在敌营不假,当即一个激灵,从床上坐起来靠在墙壁说道:"你们要杀要剐,拿刀便是。何以将本少爷囚禁起来折磨?"

猕猴胡子本在一旁为蛊犊调制敷伤口的草药,见他一醒来便恶语相向,于是怒道:"要不是莫道真人宅心仁厚,还有那只笨熊猫保你,我倒是想把你千刀万剐!你想死可以,刀在这儿呢,麻烦这一次插狠一点,一命呜呼最好,也断了真人想要救你的念头。"说罢将剁草药的药刀扔到了蛊犊床上。

黑熊蛊犊审视一番自己胸口的瘀伤,又见猕猴胡子正在调制药膏,便知他所言非虚,自己确是被莫道道人救了下来,于是也不再嘴硬,疑惑地问道:"我与你们仇深似海,为何要救我?"

莫道道人淡定道:"清风观向来只救人,不杀人。你被一尾守鹤暗算,伤于清风观,我便是要救。"

黑熊蛊犊这才想起,自己是被一尾守鹤和二尾猫又暗算了,心下暗想:"这真是讽刺,自己被盟友暗算,却被仇人所救,这世间恩怨,纠葛不清。我究竟该相信谁?"

莫道道人似乎看出黑熊蛊犊内心彷徨,于是说道:"少侠年纪轻轻,便练就茶技高艺,想来也是花了不少心血。"

黑熊蛊犊道:"家父遗命,不敢不从。"

莫道道人说道："噢？老朽斗胆问上一问，这令尊遗命当是为何？"

黑熊蛊犊坚定说道："主宰蒙山五峰，发扬我黑熊岭。"

莫道道人问道："难道少侠就没有做这茶界盟主的想法？"

黑熊蛊犊道："未曾想过。"

莫道道人叹口气道："恕老朽直言，令尊当年便是有这分野心，才被一尾守鹤蛊惑。现今少侠也和那妖僧有过牵连，老朽不得不有此怀疑。那既然少侠并没有做这茶界盟主的想法，为何又与一尾守鹤……"

黑熊蛊犊却问道："家父当年当真与守鹤大……，与那一尾守鹤有过接触？"

莫道道人说道："老朽不敢妄自诽谤。当年斗茶，一尾守鹤暗中施毒，想要加害笠清族长，却不想被令尊误饮，身中剧毒。笠清族长那日与少侠斗茶所言，绝也非虚。只是少侠报仇心切，不肯相信罢了。"

黑熊蛊犊说道："如此说来，那笠清族长当日毒气攻心，当真是为救家父所致？"

莫道道人说道："正是。"

黑熊蛊犊沉思片刻，表情黯淡，继而说道："我与那一尾守鹤本不相识，今年年初，我突然收到一封信函，来信的人说是家父生前好友,在外游历诸国十余载而归,突闻家父蒙难,痛心疾首,现已查出谋害家父的笠清族长命门所在,叫我如何如何,定能大仇得报。于是便有了后来的斗茶大会。"

莫道道人说道:"那来信之人定当是一尾守鹤不假。"

黑熊甡犙说道:"正是他。"

莫道道人叹气说道:"也难怪,笠清族长所中之毒本是一尾守鹤所下,也只有他知道笠清族长不可再使力道,否则将毒气攻心而死。"

黑熊甡犙说道:"笠清族长死后,他亮明身份,告诉我虽然家父大仇已报,但家父遗愿却还没有完成,他老人家九泉之下也不会瞑目。说只有找到那《茶具图赞》和十二法器才能打败茶灵,我主宰蒙山五峰也就再没阻碍。"

莫道道人说道:"这妖僧的狡诈和诡计,防不胜防。少侠可知这一尾守鹤真正意图?"

黑熊甡犙道:"那日斗茶大会,笠清族长已然说过。只是如真人所言,我报仇心切,不愿相信,如今反被一尾守鹤所害,一切都已明朗。我虽然是众人心中的恶人,但始终是华夏子孙,国家兴亡,匹夫有责,若我早日知道真相,定也不会被一尾守鹤牵着鼻子走。"

莫道道人心中畅意,说道:"老朽虽然老眼昏花,但看人尚没有错过，少侠报仇心切，无可厚非，大是大非面前，幡然醒悟，实在可贺。"

黑熊蛊犉忏悔道："只是我已酿成大错。"

在一旁的猕猴胡子终于接话，说道："既已酿成大错，便寻求弥补的办法。当年你欲取我性命，幸得阿木和族长所救，我也不再追究了。"

黑熊蛊犉问道："那日斗茶大会，你说与我结下世仇……"

猕猴胡子打断道："覆巢之下安有完卵？如今大厦将倾，岂能还惦记着这些。"

莫道道人笑道："胡居士能看透这一点，实在难得。今日大家化干戈为玉帛，今后的事，便是一致对外了。少侠刚刚苏醒，不宜多说话了，老朽和胡居士就不打扰少侠休养。"

猕猴胡子道："真人一众弟子还等着我们去调试解毒之药，你的草药我已调制好，能动就自己敷上。"

黑熊蛊犉疑惑问道："真人弟子所中何毒？"

猕猴胡子不耐烦道："还能是什么毒？都是拜那妖僧所赐。"

莫道道人说道："一尾守鹤给弟子所施之毒，跟令尊当年所中毒药一样，都是既定时间内没有解药便毒气攻心。老朽虽毕生研制丹药，但没有这毒的样本，想要制作出解药也是难上加难。"

黑熊蛊犽听闻,从怀里掏出一小青色小瓶,诚恳说道:"这是一尾守鹤给我的,要我在今后斗茶之时向对手施用,药性和真人所述一致,或许对真人解毒有用。"

莫道道人接过小瓶,打开嗅了嗅,大喜,说道:"众弟子有救了。因缘聚会,因果循环,害人害己,救人救己,终是奇妙得不可说,正因为一尾守鹤机关算尽,才致使他凡事都不能如愿。老子所言'上善若水',人生之道莫过如此。老朽先行谢过少侠。"

言毕,便领着猕猴胡子出去了。黑熊蛊犽靠在墙上,想着莫道道人最后说的这些话,像是陷入了沉思。

45

阿木和紫菱到达临安后,盘桓数日,却始终在寻找《茶具图赞》和"十二法器"上没有实质性的进展。眼看时间一天一天过去,紫菱手上的瘀青逐渐往手臂之上蔓延,阿木不由得焦急万分。这日夜晚,待紫菱睡下,阿木从怀里取出绢帛,借着房间里微弱的烛光,再次研究起来。只见这绢帛在烛光下,所绘图案影影绰绰,线条已模糊不清,只有线条交汇的那7个黑色圆点异常突出,显得更晦涩难懂。阿木只好将绢帛再次收拣起来，无奈地叹气。

不想紫菱已经起来，来到他身边。紫菱似乎看出了阿木的心事，说道："阿木，不管是好是歹，该来的终究是要来，就算我的的生命真的只剩下两个月不到，能这样天天和你在一起，我也很开心了。"

阿木说道："我不许你说这样的话，就算我们找不到图谱，我也不会就这样看着你毒发身亡。"

紫菱温柔道："你都为我死过一次，我又何惧死亡？"

阿木说道："紫菱，我这么愚笨，什么都做不好，你却对我不离不弃，若真的解不了你身上之毒，我也绝不苟活于世。"

紫菱靠在阿木怀里说道："不是我不离不弃啊，是爹爹不让你离开我，父母之命咯。"

阿木问道："如果，族长当日不将你托付给我；如果，我不是什么茶灵；如果，我依然只是一个在笠清茶肆打杂的伙计，你还愿意这样对我吗？"

紫菱说道："不管你是谁，我都跟着你。如果你真的只是茶肆的伙计，那才好得很呢。再也不用去找什么《茶具图赞》，也不用管一尾守鹤，更不用在所有的注视之下去捍卫华夏的根基，护茶卫道。做一个普通的熊猫，多好啊，凡事纷争，两耳不闻。"

阿木将紫菱抱紧，说道："等找到《茶具图赞》，解了你身上之毒，我们就回隐逸村，继续经营笠清茶肆，再也不出来，好吗？"

紫菱闭着双眼，无限憧憬地说道："嗯。等我们老了，再在后山盖一间竹屋，你点茶，我抚琴，过神仙一样的日子。茶肆就交给，交给我们的孩子去打理。"说着不免脸红了起来。

阿木听后，抚摸着紫菱的脸颊，把她抱得更紧了。

紫菱在阿木怀里继续说道："既然我们找不到图谱，与其整日愁眉苦脸，不如趁有生之年好好去享受一下生活，明天我想去西湖看看，你陪我一起好吗？"

阿木又是感动又是难过，坚定地说道："好。"

次日一早，阿木和紫菱便来到西湖边上。西湖不愧是临安美景之最，断桥行人如织，湖面清波荡漾，每当微风拂面，总使人心旷神怡。岸边更是商贾云集，卖糖葫芦的、卖草编玩具的、卖香料荷包的，还有担着挑卖茶水的，布满各个角落，叫卖声此起彼伏，好不热闹。这么久以来，阿木和紫菱一直忙于寻找图谱，根本没有机会让自己闲下来去领略这市井乐趣。紫菱开心地这看看、那瞧瞧，一会儿欣赏落魄书生卖的字画，一会儿把玩铺子上的丝巾香包，走走停停，惬意闲逛。再往前走，但闻锣鼓齐鸣，围了很多人，阿木和紫菱挤进去看，原来是一个杂耍班子在表演杂技，此时正在表演胸口碎大石。紫菱从未见过这些，顿觉稀奇，拉着阿木要看，阿木也是好奇之人，便陪着紫菱新奇地观看起来。只见一人仰卧在钉板之上，随后来了两人抬着一块四四方方的巨石压在了那人身上，周围看客一阵惊呼。尔后像是班主打扮的人拿着响锣敲起来说道："来来来，过来看，过来瞧啦，在场的各位睁大眼睛啦，这巨石有140公斤重，看看是我们的大力士厉害还是这石头厉害。来来来，大家有钱的捧个钱场，没钱的捧个人场啦。"敲完说完，便将响锣横置，向众人讨要赏钱，人群有人说道："先砸了再说。"于是附和声四起，班主无奈，便又退了回去。另一体型稍胖之人走了上来，但见他往手上吐了两口唾沫，大喝一声，抡起大锤便向巨石砸去，只听"哐"的一声，巨石整齐地断开两半，钉板上的人站起来，向众人拱手，示意他安然无恙。众人鼓掌称赞，都道是这人好功夫，紫菱也看得出神，高兴地鼓起掌来。只有阿木轻轻一笑，在紫菱耳朵边说道："这些人使诈呢，那石头分明早已有裂痕。"紫菱嘟起嘴说道："哎呀，阿木你好扫兴，你知道真相就好了，干嘛还说给我听。"班主见阿木与紫菱窃窃私语，走过来说道：

"二位似乎对这胸口碎大石不甚满意？"

阿木忙说道："没，没有，很好很好。"

班主说道："二位不满意也无妨,接下来才是我们的压轴好戏——长流壶茶技!还请二位品鉴。"

听是要表演长流壶茶技,紫菱抿嘴笑了,在她眼里,这世间再无一人的长流壶技艺能高过阿木。

班主有些不愉快地说道："姑娘又为何发笑?"

紫菱尴尬地说道："我,我觉得很好,那,那就赶快表演吧。"

班主乜斜着看了阿木紫菱一眼,回到原位继续说道："接下来这位大师,师从青城山莫道道人,众所周知,莫道道人乃茶界泰山北斗,他老人家的拜水十六式独步茶界,无人能及。我们这位大师有缘得到莫道道人真传,各位近日算是有幸了。"

这时人群中有人说道："长流壶技艺,莫道道人固然是泰山北斗,但比起蒙山笠清怕是不及吧。"

又有人说道："非也非也,这位兄台说错了。那蒙山斗茶大会盛况,我是有幸见过的,要说这长流壶技艺的巅峰还得数笠清族长的那个伙计!"

人群顿时爆发出哈哈笑声："兄台真是会说话,难不成那笠清的技艺还没有他的伙计高明?"

班主见众人此时争论谁才是长流壶技艺的真正高手,似乎将他介绍的"大师"忘却了,不免有些不高兴,于是清了清嗓子道："各位,所谓眼见为实。你们刚才争论什么一个茶肆伙计便技艺了得，我看也是以讹传讹，真正的高手，大隐隐于市，各位不妨看了再说。"

说罢，一中年模样的猴子拿着长流壶上来向着各方抱拳施礼，也不说话，施礼完毕直接舞起了长流壶，只见其一会儿将长流壶嘴顶在额头上平衡，一会儿将长流壶像颠蹴鞠一样左右脚来回踢，一会儿拿着长流壶在地上原地翻着跟斗，一会儿将茶盏顶在壶嘴上旋转。围观者见此人能将茶盏置于壶嘴尖上旋转而不倒，倒也觉得好看，于是纷纷拍手叫好。紫菱笑着看向阿木，小声说道："阿木，莫道真人可有教你这般杂耍的长流壶技艺？"阿木挠挠头说道："这倒没有。"不料紫菱的笑声又被班主听得真切，班主走过来说道："看来这位姑娘还是对'大师'的技艺不予认同？"

46

紫菱本来并不愿意多管闲事，但见这班主喋喋不休，又用这般杂耍来冒充长流壶，心中便有气了，于是说道："班主说这位'大师'深得莫道道人真传，据我所知，莫道道人门下均为白鹤，可这猴先生又怎会拜得莫道道人门下？"

不等班主回答，紫菱又说道："既然这位大师使的是莫道道人的拜水十六式，那敢问大师，这原地翻跟头，是什么招式？"

人群中一片哗然，也纷纷问道："对啊，这是什么招式？"

班主一时语塞，怒道："我看你们是故意找茬。这茶道，你一个小姑娘家又知道多少，竟敢在大师面前班门弄斧？"

阿木见班主有欺凌紫菱的意思，于是正色道："既然班主想知道，在下就让你看看。"说完从背上取下寒铁长壶往里面注入了一些凉水。围观的人见杂耍班主和两个小青年较上了劲，都觉得有好戏看，一时间围观的人越发多了起来。只见阿木屏气凝神，突然右手手腕一抖，那寒铁长壶便像长了脚一样，顺着右手便爬上了肩膀，随后阿木左手微伸，长壶又顺势而下到了左手手掌之中，阿木左手执壶，又是一阵连贯的飞旋，力道均衡，游刃有余。旋转数圈，阿木左手一发力，长流壶应声而止，只见阿木将长流壶径直抛向空中，然后身体前倾，白鹤独立，双手犹如白鹤亮翅舒展开来，那长流壶在空中停不多时，便垂直落下，落下时正好壶嘴向前，壶身稳稳落在了阿木背上。阿木左脚凌空前勾，像蝎子摆尾，正好提起壶身；阿木一点头，壶内凉水，侵泄而下。

阿木使完此招，收起寒铁长壶，拉着紫菱径直向人群外走去，留下人群众多膜拜的眼神和班主惊诧的表情。待阿木与紫菱走得远了，人群中终于有人反应过来，说道："好精湛的招式，那把长流壶好生熟悉，是了！正是那日斗茶大会上茶肆伙计用的寒铁长壶！莫非，对，是他，这小青年就是那茶肆伙计！"

班主看着阿木背影，惊讶地说道："啊？！"

在西湖边上游玩了3天，紫菱却意犹未尽。虽说阿木愿意陪着紫菱去做她喜欢的事，但寻找《茶具图赞》之事，始终在他心里积压着，于是对紫菱说道："紫菱，明日我们再游西湖，找一艘画船，坐上一天，然后咱们就继续去找图谱，你看可好？"

紫菱虽然心下不舍，但她也知道阿木有使命在身，不敢任性，于是说道："好啊，那我们就在船上坐上一天，然后就，该干嘛干嘛。"

次日清晨，两人再次来到西湖边上，等画船靠岸。紫菱生平第一次在西湖坐船，不免有些兴奋，她指着来来往往的画船看，不亦乐乎。看着其中一艘即将靠岸，紫菱高兴道："我们的船要来了。阿木你快看，这画船船体，上面画的什么？"

阿木循声望去，只见那画船上画着奇怪的图案，准确说来，甚至不是图案，只是几个圆点像是被故意镶嵌在船头的侧面。阿木看了半天没瞧出端倪，但又觉得这图案有些熟悉，像是在哪儿见过。此时正好有一船夫走来，阿木便上去问道："请问这位船家，你可知这画船之上所绘图案是什么？"

船夫笑道："两位一看便不是本地人吧？"

阿木道："我们确实不是本地人。"

船夫善意笑道："这就对了，本地人又怎会对这七星宫不认识呢？"

紫菱疑惑道："七星宫？"

船夫说道："这七星宫相传是吴越皇室的休憩行宫，这些画船都是吴越贵族后裔所造，他们思念前朝又不敢说出来，于是只有在画船之上，绘制七星宫的图案。当时民间有个说法，只要七星再次横列，这吴越复国便有希望。哈哈哈，不过这说法现在已经没人再说了，因为七星横列，去年已经发生，但大宋基业依然稳固！"

阿木心里说道："七星横列？！"突然想起什么似的，问紫菱道："这七星横列好像在哪儿听过，紫菱你可有印象？"

紫菱也是觉得熟悉，想了片刻突然记起，说道："爹爹生前曾说，茶祖托梦于他，说七星横列之时有异族入侵，乃不祥之兆。"

阿木自言自语道："七星横列，七星宫？"沉思片刻，他突然眼睛放光，忙从怀里掏出绢帛，见绢帛所绘线条交汇圆点，与这画船所绘均能一一对应，于是兴奋道："紫菱！我找到了，我找到图谱的下落了！"说着忙向船夫追问道："请问船家，这七星宫在什么地方？"

船家见阿木与紫菱听得这七星宫的事这般高兴，当是外地人对这段历史的好奇，于是笑着说道："哪还有什么七星宫，早就没了。"

紫菱失落道："为什么？"

船夫说道："前朝的东西，你说官家还留它干嘛？"

阿木和紫菱刚找出线索，却不想希望还没燃起便被掐灭，都无不失望叹气道："哎！"

船夫接着说道："不过，这七星宫虽然名字没了，但地址还在。现在那个地方，改成一个茶肆了，专门负责皇家贡茶的制造，好想叫……"

阿木紧张道："叫什么？"

船家想了想，说道："好像叫'建安茶肆'来着。"

阿木与紫菱面面相觑，异口同声地说道："建安茶肆？！"

# 第四章　敬

47

　　一尾守鹤败于阿木，从清风观逃掉后便回到临安。刚踏进清修茶观，只见牌匾又被换回了"建安茶肆"，顿觉诧异，再往厅内走，原来驻留在此地的一干部下，均不见人。一尾守鹤大怒，刚要发作，一部下手臂打着绷带便前来汇报，道是一尾守鹤和二尾猫又走后不久，观里便来了一只熊猫，这熊猫功力好生了得，一炷香时间不到就将观内的精兵强将全部打倒，还放走了被关押的那些茶界名流。一尾守鹤听闻也不吃惊，他知是茶灵所为，只是有些遗憾地说道："若是老夫那日当场将其击毙，也不会落得现在这般光景。"

　　来得大堂坐下，一尾守鹤一言不发，二尾猫又第一次见首领这般焦灼，也不便开口。不多会儿，一尾守鹤说道："现在要靠武力征服茶界，看来是行不通了。"

　　二尾猫又道："属下愿回国调兵遣将，就算那茶灵功力了得，也斗不过我们人多势众。只要茶灵一死，其他人便不足为惧！"

　　一尾守鹤沙哑着声音道："既然你这么有主见，不如你来主持大局吧。"

二尾猫又惊惶地跪下说道："属下不敢！属下只是想为大人分忧。"

一尾守鹤正色道："回国调兵，来回要多长时间？我们可以等，但日本国动荡的局势不能等，我们只有另想办法，尽快拿到《茶具图赞》和十二法器，以安国民民心，待日本国上下齐心，再挥兵中原，那日本国开疆扩土的千秋伟业便指日可待。"

二尾猫又唯诺道："大人教训的是，是属下鼠目寸光，不识大局。"

一尾守鹤平缓语气说道："寻找《茶具图赞》，我们暂且不急，因为那茶灵一定比我们还要着急。老夫之所以向那小姑娘用毒，自有道理，那茶灵曾甘愿为其赴死，可见这小姑娘对他的重要性，这是他的软肋。我们只需要抓住这一弱点，便能将他牵着鼻子走。那小子眼睁睁看他喜欢的人一天天毒气蔓延，还不着急？老夫现在担心的是，那小子取得《茶具图赞》以后，我们要怎么才能安全地离开中原？老夫一旦将解药给他，他便肆无忌惮，届时他用武力，我们恐也不是对手；若我们始终不给解药，那姑娘毒发，他也怕是要跟我们拼个鱼死网破。"

二尾猫又心下暗想："这有何难？取得图谱后，先将那姑娘囚禁在船上，待在海上行得半日，再用小船送走即可。"但二尾猫又恐于一尾守鹤威严，不敢再参言。

一尾守鹤继续说道："现在这清修茶观我们暂且搬离，一来避其锋芒，二来居于暗处，以便控制局面。"

二尾猫又道："谨听大人安排。"

一尾守鹤说道："不过，当下还有一件重要的事要你去办。这件事若是办成，我们顺利拿到《茶具图赞》也就没有后顾之忧了。"说罢向二尾猫又招了招手，示意他走近听命。

二尾猫又领命离开后，一尾守鹤心下想道："也不知这小子，现在找到《茶具图赞》没有？"

48

阿木与紫菱那日在西湖无意间解开了绢帛的秘密，便马不停蹄地赶往建安茶肆。

此时建安茶肆早已门可罗雀，人去楼空，阿木带着紫菱径直朝大厅走去。紫菱笑道："你这轻车熟路，怎么感觉像回家似的？"阿木道："我从悬崖上下来以后，便来过一次，却寻你不见，不过我倒也没算白来，把囚禁在这儿的人全部放了。"紫菱关心道："可是，那么多守卫啊？"阿木不好意思地笑道："还好，就一炷香的时间。"紫菱自我陶醉似的说道：

"嗯！我们阿木现在可不是原来的伙计啦，茶灵哥哥，你说是也不是？"阿木用手指在紫菱鼻子上轻轻一刮，温情地说道："什么时候啦，还这么贫嘴。"

两人又是一番说笑，便到得厅内。只见大厅桌椅东倒西歪，一片狼藉，显然是一尾守鹤离开时慌乱所致。紫菱看看四周，说道："这建安茶肆再怎么说也是皇家贡茶的制造之地，这般景象却也太有损皇家威严了吧。"

阿木说道："要知道那是在人类的世界里，在我们这儿，建安茶肆便只是一间茶肆，只不过比寻常茶肆多了一些名人字画而已。哎，你看这墙徒四壁，那一尾守鹤离开之时不知搜刮了多少名画，真是可恶至极！"

紫菱安慰道："正如莫道道人所说，那妖僧不可恶，便也不是一尾守鹤了。"

说话间，突然听得厅内一侧的桌子下有响动，阿木大声喝道："谁？还不快出来。"

只听一老者声音，战战兢兢说道："别杀我，别杀我。是我。"

阿木见一老头从桌子底下钻出来，于是问道："你又是谁？"

老者道："我是这茶肆的老板。"

紫菱怀疑道："那为何鬼鬼祟祟躲在桌子下面？"

老者唯唯诺诺说道："我以为是那妖僧又回来了。"说罢小心打量了阿木与紫菱一番，见是阿木，心下顿时欢喜，忙上前说道："原来是少侠！少侠救命之恩，老朽没齿难忘。"说罢便要跪下行礼。

阿木忙上前扶起老者，说道："使不得，使不得。"

老者感激说道："若不是少侠出手相救，老朽这一把老骨头恐怕早就去见了阎王爷了。"

阿木道："敢问老伯尊姓大名？"

老者道："小名不足为报，少侠就叫我老头子吧。"

阿木问道："老伯既然虎口脱险，为何又要回到这是非之地？"

老者道："这建安茶肆，传了数辈传到老朽手上，我怎么能见它在我的手里葬送。那妖僧霸占茶肆，在这里为非作歹，将茶肆毁得体无完肤。只可惜老朽行将就木，也是无能为力啊。"说着便自责地叹气。

紫菱安慰道："老伯不必叹气，阿木定会将那妖僧制伏，还你一个公道的。"

老者道："少侠青年才俊，这茶界安危，就全指望少侠了。"说罢又是俯首行礼。

阿木将绢帛从怀里掏出来说道："对了，老伯，这绢帛上所绘图案，你可熟悉？"

老者靠近了审视一番，说道："这是七星宫的图案，老朽自是认得。"

紫菱和阿木大喜道："那太好了！老伯，你可否给我们讲讲这七星宫的事？"

老者道："二位要听七星宫的事？那请跟我来。"

老者步履蹒跚地带着阿木和紫菱朝后院走去，走过两条回廊，便见围墙上有一小门，小门极其隐蔽，但门上却并未上锁。阿木疑惑问道："老伯，这是什么地方？"

老者说道："这是老朽的杂物间，建安茶肆素以收藏名画名器著称，老朽每年寻的名器名画也免不了有次品、赝品。老朽思来想去，这些东西虽是次品赝品，但总是别人花了心思去做出来的，于是不忍焚毁，便全部收罗到这了。说来也是可笑，这儿以前可是七星宫的藏宝阁，相传太祖破吴越之时，在这里找出宝藏无数，如今却成了'藏赝阁'。少侠里边请。"老者领着阿木紫菱进得门内，那小门虽不起眼，但只要进得门来，里面却别有洞天，房内格局像是一个巨大的官窑，四周墙壁为青砖所砌，成圆弧形。无数字画、古玩散置于各处，凌乱不堪。阿木不敢相信似的问道："老伯说，这些古玩字画全是赝品？"

老者回答道："嗯，还有次品。就是那些名不见经传的人的作品，诺，老朽全部把他们堆放在那里。"说着朝一个角落指去。老者继续说道："少侠要看的，可是这个，还请抬头往上看。"

阿木与紫菱仰头朝一面墙上看去，只见青砖堆砌的墙壁上凸出了几块砖块，那些凸出的砖块之间有线条相连，它们组合起来，正是绢帛上所绘的图案。阿木看着紫菱兴奋说道："紫菱，那图谱看来是这建安茶肆无疑了。"

老者疑惑问道："少侠是在找什么东西吗？"

阿木诚恳道："实不相瞒，的确如此。"

老者说道："那妖僧寻找之物也是它么？"

阿木说道："正是！"

老者叹口气，惋惜说道："恐怕要令少侠失望了，这建安茶肆但凡有一点值钱的东西都被那妖僧搜刮而去，就连老朽祖祖辈辈传下来的茶具也没能幸免于难。"

阿木听闻一尾守鹤将建安茶肆值钱的东西都盗走了不免一阵惆怅，说道："难怪我们进来见茶肆内墙徒四壁，无一长物。"

阿木望向紫菱，彼此再次陷入彷徨。

但紫菱并不甘心，问道："老伯你再仔细想想，还有没有什么东西被你收藏得隐蔽，没被那妖僧发现的？"

老者道："这…"，紫菱突然意识到这般询问确实唐突，于是解释道："老伯不要误会，我们对此并没有觊觎之心，只是你建安茶肆所藏之物，有一样东西关乎华夏安危，那妖僧若是得到，他日中原大地将生灵涂炭。"

老者听闻，仔细回想一番，但依然摇头道："那妖僧囚禁老朽之时，百般折磨，老朽熬不过，将所藏之物全部告诉了他，现在，现在这茶肆确实再没有什么值钱的东西了。"

阿木有些紧张地向紫菱问道："一尾守鹤会不会已经得到了图谱？"

紫菱坚定说道："不会的，他若得到图谱，当日也不会上青城山去找莫道道人解绢帛之谜。"

阿木这才放心，但又再次对绢帛所绘之意心生疑虑，说道："会不会我们找错了方向？这《茶具图赞》根本不在建安茶肆？"

紫菱一时也陷入迷茫。

这时老者却道："少侠刚才说你们要找的东西叫什么？"

阿木回答道："一张叫《茶具图赞》的图谱，还有一些，准确说，是12具茶具。"

老者说道："这名字好生熟悉，老朽像是在哪儿见过，又像是在哪儿听过。你让老朽仔细回想一下。"

阿木和紫菱见希望再次被点燃，又是一阵欣喜，都屏住呼吸，怕打乱了老者的思绪。

思索片刻，老者突然说道："噢，老朽记起来了。"说着径直朝堆放次品字画的那个角落走去，然后俯下身子在一堆杂乱的字画中翻找。阿木和紫菱心跳加速，等待着这个重要消息的问世。翻找一番，老者起身，手里拿着一卷字画，说道·"看来少侠要找之物，便是它了。"

49

阿木小心翼翼接过画卷打开，只见卷首赫然写着《茶具图赞》四个宋体大字！

当紫菱见到"茶具图赞"这四个字，便再也抑制不住内心的欢喜，雀跃道："找到了，我们终于找到了！"

再往下看，只见第一图画的是茶笼，这茶笼与日常所用之茶物别无二致，但茶笼却被命名为"韦鸿胪"，图下有一段话，上书——"祝融司夏，万物焦烁，火炎昆岗，玉石俱焚，尔无与焉。乃若不使山谷之英堕于涂炭,子与有力矣。上卿之号，颇著微称。"阿木念了一遍，却不明其意，于是问老者。

老者说道："按字面意思来说，是说火这个东西太厉害了，能将新茶烤干，但是有了茶焙笼这个东西，茶这山谷之英就全身而退,得以不被烈火所焚,所以给茶笼上卿之号挺合适。"

紫菱疑惑说道:"这段话如此简单,就是说储茶的重要性,何来大道深意?"

阿木沉思片刻,说道:"茶道所悟,若是第一直观便知深意,那也不是悟道了。这段文字,字面讲储茶之要,实则讲的是为政之要!这茶笼叫'韦鸿胪',鸿胪乃官职,因而才能将其引申至为政,率土之滨莫非王土,这当政者权大势大,就像火一样厉害。但若当政者不为民,黎民百姓便生活在水深火热之中,这时候便需要'茶焙笼'这个东西,也便是仁政尽施。只有这样,百姓才会安居乐业,共享社稷。说的是要把百姓放在社稷的首位,《孟子·尽心下》说——'民为贵,社稷次之,君为轻'便也是这个意思!这茶具图赞将茶笼放在首位,也足见其用意。"

听阿木将这茶具赞语解释得如此透彻,那老者虔诚地拱手说道:"少侠武艺高强,没想到悟性更是高人一等。老朽多年与古玩字画交集,却难以望少侠之项背。佩服,佩服!"

阿木不好意思说道:"在下也是胡言乱语一番,让老伯见笑了。"

紫菱见阿木霎时间便悟出个中深意,也用迷恋和崇拜的眼光将他注视,阿木有些局促,问道:"你干嘛这么看着我?"

紫菱却笑道："茶灵哥哥悟起道来真好看。"

阿木轻咳一声，示意还有别人在场，紫菱会意，自个儿抿着嘴在一旁笑了。

阿木转身向老者问道："老伯，既然这《茶具图赞》收藏在您这儿，想必这'十二法器'也在此了？"

老者道："那是，那是，老朽从一落魄书生处收得这图谱，便有这12种茶具，它们本是一套，因老朽收拣有将字画器具分开放置的习惯，所以就没在一起。呐，那12件茶具就在那儿。"顺着老者所指，只见另一方的储物架上霍然放着12件茶具，分别是韦鸿胪（茶笼）、木待制（木椎）、金法曹（茶碾）、石转运（茶磨）、胡员外（茶杓）、罗枢密（茶罗）、宗从事（茶帚）、漆雕秘阁（茶托）、陶宝文（茶盏）、汤提点（汤瓶）、竺副帅（茶筅）和司职方（茶巾）。

阿木过去轻轻抚摸着这"十二法器"，虽一时不知它们的奥义在哪儿，但作为爱茶懂茶之人，也是喜爱有加。于是问老者道："老伯，你说这图谱和茶具在落魄书生手中收购得来？"

老者道："确实如此，老朽本不想收，但听闻他说来临安赴考，身上盘缠用完，见其可怜，便拿银子换了下来。"

阿木道："原来如此，在下有个不情之请，想用双倍的价格将这图谱和茶具收下,不知老伯可否愿意?"

老者听闻,脸色陡然暗沉,正色道:"少侠这是羞辱老朽?"

阿木见老者有生气之意,忙解释道:"在下并非此意,我们只是想老伯之前之物都已被那一尾守鹤搜去,我等若再讨要这两样东西,实在于心不忍!"

老者面色缓和说道:"少侠所做,护茶卫道,更是保护这华夏千秋基业!老朽虽一介草莽,但这国难当头,又岂能再言商贾?这图谱和茶具,少侠尽管取走便是,老朽还指望少侠将那妖僧制伏,也算为茶道出一口气!"老者继续说道,"老朽身无长物,但建安茶肆既是皇家贡茶建造之地,定也还有镇肆之物,建安茶肆每年都会摘取茶瑞制作两款贡茶,一款叫大龙茶,一款叫小凤茶,这两款茶出自北苑,龙凤各一,专供皇上皇后享用。那妖僧此前将小凤茶团掳走,老朽现将大龙茶团赠与少侠,以谢大恩!"

阿木不敢再拒绝老者好意,于是应道:"多谢老伯美意,那在下恭敬不如从命了。"说完,又环视屋内,无限感慨地叹口气说道:"那一尾守鹤为寻找这图谱,在此盘踞多时,想尽千方百计,煞费苦心,迫害无辜。却不想这图谱和'十二法器'就在他眼皮底下!"

老者也感慨说道:"那妖僧将茶界名流囚禁至此,也未提及什么《茶具图赞》，只是要我们写出和蒙山笠清族长的关系。他逼迫老朽交出收藏的名人字画，也未提及这图谱，想来真是惊险侥幸。倘若老朽知道妖僧要寻之物便是这图谱，想必也受不了折磨，全盘说出了！老朽没有想到，那妖僧更是没有想到，这事关社稷之物，竟然就埋藏在这一堆杂物之中！"

阿木说道："凡事冥冥中自有注定，一尾守鹤不得天道，上天又岂会让他的阴谋得逞？"

紫菱在一旁说道："既然图谱和十二法器已经找到，我们接下来该怎么办？"

阿木想了想，也是没有主意，他不能将一众人等的心血就这样交给一尾守鹤，但是也不能眼睁睁看着紫菱身上的毒一天天扩散而不救。思考良久，阿木说道："我们暂且回清风观，找莫道真人商量，再做打算。"

50

一路溯江而上，二人很快便已入川。

到达清风观，天色已经渐晚。清风观大门紧闭，阿木知莫道道人自身有伤，又要救治一众弟子和黑熊盅犊，清风观尚未恢复元气，有这萧索之景在所难免，于是前去叩门。3声过后，那小道童便将院门打开，见是阿木与紫菱，欣喜道："二位居士回来啦！快请进。"

阿木与紫菱进得观内，见一众道士正各忙各的，有的劈柴、有的诵经、有的练功、有的打坐，好不热闹，阿木心想："我和紫菱出走这段时间，原来莫道真人已经替一众弟子解了毒，现今图谱也已找到，真是双喜临门。"想到这些，阿木脸上露出轻松的笑容。穿过观内回廊，阿木正想请小道童向莫道道人通报，却不想小道童开心地先问道："二位居士，请问家师什么时候回来？"

阿木笑道："尊师外出了吗？我们在路上不曾遇见，想必不多时便回来了吧。"

小道童却一脸诧异说道："二位居士不是请家师去往临安了吗？"

阿木也吃惊不小，顿时收住笑说道："在下和紫菱刚从临安回来，并未请尊师去往临安，是不是有什么误会？"

小道童认真地说道："不可能的，那日胡居士回来，在大殿与家师叙话，我是亲耳所听，说是木少侠已找到东西，邀家师前往临安商榷。"

阿木疑惑问道："胡居士？你是说猕猴胡子？他不是应该在清风观吗？"

小道童回答道："小道更是迷糊了。胡居士和蛊犽少侠在清风观住了一些时日，惦记二位安危，那蛊鞣少侠伤刚好，他们便下山寻你们去了！没过几天，胡居士便急匆匆地一个人回来了，说是木少侠你找到了图谱，邀家师前去临安。"

阿木和紫菱面面相觑，一时陷入了迷糊。突然听得紫菱惊慌地喊道："不好"，阿木也像是反应过来，和紫菱异口同声说道："二尾猫又！"

小道童不解道："什么二尾猫又？"

但阿木和紫菱已来不及解释，说罢就要出观下山。小道童一时半会儿反应不过来，问道："二位居士这是又要走吗？"

阿木正声道："尊师念我心切，才不小心上了一尾守鹤的当，我和紫菱须赶紧下山才是。"

小道童顿时六神无主，惊慌说道："啊？这，这如何了得？！"

阿木说道："请仙童放心，在下这就去救尊师，还请暂守这个秘密，不要告诉你师兄们，免得大家挂记，耽误练功。"

小道童咬住嘴唇坚定说道："嗯！"像是又想起什么似的，继而说道："对了，木少侠，这儿有一封你的书信。可能是你家亲人寄来的，你暂且等下，我这就去取。"说完便向房内跑去。

阿木心里更是疑惑了，自己从小便是一个孤儿，哪里来的亲人？就算是朋友，也不过紫菱胡子而已，这来信之人又会是谁，他又岂会知道自己会到这清风观。阿木看向紫菱，紫菱也是一脸狐疑地看着他，一时理不出头绪。也没容阿木多思考一会儿，那小道童便拿着信件飞奔而来。阿木见信封并未写明是谁寄的，也不再想，直接拆了来看。只见信件上写着——

"找到图谱，前往福州一叙！"

短短十字，阿木看了3遍。继而交给紫菱道："这是一尾守鹤写的！真人定也在他手里。"

紫菱说道："一尾守鹤要我们去福州，定是想取了图谱再借助水路逃往倭国。"

阿木气愤道："这妖僧如意算盘打得倒是挺好。"

紫菱说道："这一天迟早要来，纵然妖僧引我们前去福州有诈，我们也没有回退的余地。我和你经历过这么多次生死考验，也无数次面临绝境，不都挺过来了吗？就算这一次比以往都要凶险，有你在身边，我也不再惧怕了！"

阿木坚定地说道："嗯！"

51

福州是当时最繁华的都市之一，也是从海上进出华夏大地的门户，这里民间海上贸易早已泛滥，来自新罗、倭奴的商人来这里采购"唐物"，然后回国贩卖，这些唐物被运回国，往往都被一抢而空。由于每次船只带回去的"唐物"有限，这些在中原的寻常之物，就成了新罗和倭国的奢侈品。以丝绸为例，中原丝织品的制作与使用，要早于倭国至少两千年，故而中原的丝织品一直为倭国贵族青睐，不仅宫内女眷非中原丝织品不穿，就连她们的贴身侍女也是这样，一时唐风渐盛，倭国宫内形成了一种叫做"12层"的流行服饰，顾名思义，就是一次要穿12层衣服。"12层"有一个特点，最外层的为敞襟宽袍。究其原因，还在于珍惜舶绸料、尽量避免裁剪所致。

正因对"唐物"的无限热衷，一方面倭国来华之人对中原趋之若鹜，另一方面也才有了像一尾守鹤这样的要想侵占华夏故土的野心家。无论是商贾政客还是探子间谍，福州都是他们踏上中原大地的第一站，故而这里商贾云集，繁华异常，但也明争暗斗，暗流涌动。一尾守鹤选择在福州与阿木会面，想必也是这个原因。

阿木与紫菱顺江而下，不料在途中竟和猕猴胡子和黑熊蛊毒会合。那黑熊蛊毒见到阿木与紫菱，倒是多了许多谦卑之心，阿木询问他的伤势，黑熊蛊毒道："已然痊愈。多谢阁下那一记重掌，才使我看清这世事的真正面目。"阿木歉意道："当日我若出掌慢一些，定也不会伤着阁下。"两人又是寒暄一阵，谈话间尽是客套之话。倒是猕猴胡子心直口快，不满道："都是自己人了，还客套什么？阁下长，阁下短。呐，当日你阿木叫大小姐也是这样，大小姐长，大小姐短，一叫紫菱，就就就，那啥来着？"说罢看着紫菱便是一阵意味深长的笑。紫菱知胡子所说，是指现在和阿木情投意合，于是上前和胡子打闹道："要你多嘴。"

阿木向黑熊蛊毒说道："胡子说得对，以后大家都是自己人，不应当这般生疏，我们互相照应，同仇敌忾，以保茶界和华夏子民的安宁。"

黑熊蛊毒笑道："蛊毒愿听茶灵差遣。"

阿木知蛊毒是说的玩笑话，也跟着笑道："蛊毒兄言重了，今后你叫我阿木便是。"

几人在船上落座，分别聊起了分开后的境遇。紫菱将如何寻找图谱不得，又如何在西湖偶遇七星宫图案；如何将绢帛上的图案与建安茶肆联系起来，又如何在茶肆里找到《茶具图赞》和"十二法器"挨着说了一遍，直听得猕猴胡子和黑熊蛊毒入神。当听到原来那图谱一直就坐在一尾守鹤屁股底下，却被他忽视，两人也是笑得前仰后合。黑熊蛊毒道："将来与那妖僧相遇，定要把这消息告诉他，他守着图谱找图谱，这才是天大的笑话！"

阿木道:"那是自然!"

猕猴胡子也讲了他和黑熊蛊毒的境遇。猕猴胡子道:"自你与紫菱离开清风观后,我便一直放心不下,待蛊毒的伤势好得差不多了,就拜别了莫道道人前往临安去找你们。我们去了建安茶肆,但建安茶肆人去楼空,我和蛊毒怕跟你们错过,便在茶肆守了几日,但始终未见一个人影。不得已,我们又去临安城寻了几日,但都无功而返。直至有一天,我和蛊毒在临安街上见一杂耍班子正在表演长流壶茶技,于是心生好奇,驻足观望,只听人群中有人说'这杂耍班那日在西湖边上被一熊猫模样的茶肆伙计教训,竟然还敢来临安城继续寻骗'。我心下好奇,就问那人这熊猫使的什么招式,那人说好像叫什么'白鹤饮露',我又问那熊猫用的什么器具,那人肯定地说'这东西我有印象,一把长流壶,不过更像是从火坑里掏出来的掏火棍',我一听,便确定那熊猫就是你阿木了。于是和蛊毒又在西湖边上找了几日,但终是不见。"

紫菱笑道:"我们的行踪和你们恰恰相反,你们在建安茶肆的时候,我们在西湖;你们到得西湖的时候,我们又去了建安茶肆。"

蛊毒说道:"兴许我们还擦肩而过了呢。"

阿木继续问道:"然后呢?"

猕猴胡子道："然后？然后我俩坐船溯江而上，你和紫菱顺流而下，咱就在这儿相遇了。"

说完，四人哈哈大笑，笑声随着波浪绵延至长。

兴奋退却后，阿木突然想起，他们四人这段时间的境遇还有一个空当期，也正是因为这个空当期，阿木和紫菱才一到清风观便又顺流而下，去往福州了。猕猴胡子也是这时才想起什么似的，问道："阿木，说了这么久，我都没问，我们这是要去哪儿啊？"

阿木恢复严肃，正色道："那二尾猫又易容成你的样子，将莫道真人带走了。"

蛊毒诧异道："到哪儿去了？"

阿木道："福州！"

52

在水上又行了7日，阿木一行4人终于到得福州。刚一下船，紫菱便脚下发软，险些摔倒，阿木忙将其扶着问有没有事，紫菱微笑道："不碍事，可能是坐船坐得太久，有些晕船的缘故。"

猕猴胡子也附和道："可不是嘛，我都感觉这一双脚不是自己的了，没个三五天，我看是难以恢复咯。"4人一番商量，考虑到大家都舟车劳顿，便决定就近找个客栈先住下，待调养一番打探到一尾守鹤的下落再作安排不迟。

这福州之繁华，并不亚于临安，街道两侧客栈林立，显然是为方便来往商贾而设，茶楼酒肆，更是多如牛毛，街上形形色色的人摩肩接踵，熙熙攘攘，好一派生机盎然之气。阿木4人随便找了一家客栈便住了下来。

由于体乏，大家都没有精神再逛这繁华的街市，于是各自回房休息，约定休息一日，次日早些起床逛街，一来感受下这福州的风土人情，二来打探一尾守鹤的消息。

是夜无话。

第二天，阿木起得很早，向店小二大致了解了福州的情况。原来福州紧邻建安，而建安乃与蒙山齐名，都是皇家贡茶的生产地，故而饮茶之风波及福州，福州人饮茶，不似川人喜饮散茶，多爱饮压制成饼状的片茶。而片茶之最，又当属建安的北苑官焙。此地饮茶也不似川内般随意，散冲即饮，而是注重"形"，茶肆之内，均有点茶！了解一番后，阿木见时辰已然不早，猕猴胡子和黑熊蛊毒正在楼下吃早点，但紫菱似乎尚未起床洗漱，于是欲敲门叫醒紫菱。猕猴胡子却将其拦住道："你怜香惜玉一点好不好？你就让紫菱多睡一会儿。我见她在船上也没怎么休息，这会儿恐怕要将没睡够的觉都补回来呢。"阿木这才觉得胡子说得极是，便退了回来，找到店小二说道："待会儿房内姑娘醒来，请告诉她我们上街走走，不多会儿便会回来。"说着便给了店小二几粒碎银子，店小二忙揣在怀里，媚笑道："大爷尽管去便是，小的一定照办。"

吩咐完毕，阿木便领着猕猴胡子和黑熊蛊毒出去了。待得3人再回来，已是巳时过半，接近中午。见紫菱房门紧闭，阿木赶紧找来问店小二问道："姑娘可曾醒来？"

店小二说道："大爷放心，小的眼睛就没离开过房门，那屋内小姐，还不曾出来过。"

阿木知道紫菱不是睡懒觉之人，听店小二说紫菱一上午都没出门过，顿感心中不安，急匆匆跑到紫菱门口敲门，但屋内却无人响应。阿木也不管店小二是否阻拦，右掌聚力，然后一掌拍下，那木门"啪"的一声，门栓从中间断开。阿木进得房间，猕猴胡子和黑熊蛊犊识趣地站在门口等候，见紫菱躺在床上，精神恍惚，眼光迷离，阿木紧张地询问其原因。

紫菱道："怕是在船上吹了河风，不小心染了风寒。"

阿木抬起紫菱手臂一看，那瘀青已蔓延至肘关节处！阿木实诚地说道："恐怕跟你身上所中之毒也有关系，紫菱你等我，我现在就去找一尾守鹤要解药。"

紫菱拉着阿木衣襟道："我不碍事，阿木。你不要冲动，不要乱了阵脚，现在莫道真人还在那妖僧手里，他无外乎是借此将牵制的手段变得更稳固，你若这样着急去找他，正中了妖僧下怀。你先扶我起来。"阿木将紫菱扶起来坐好，紫菱刚想说话，却突听门外猕猴胡子喊道："阿木，你快过来看。"

阿木问道："什么事？"

黑熊蛊犊道："不知何人在我身上塞了一封信。"

紫菱听闻，也是疑惑，忙说道："你们都进来吧，进来说活。"

二人进得房内，关好门，此时阿木已扶着紫菱坐到桌子边。黑熊蛊犊将信件拆开，只见上面写道——

"既到福州，请往泉州一叙。"

黑熊蛊犊道："出门的时候，我身上并没有这封信。"

阿木说道："那定是在街上被一尾守鹤的人盯上了。可他为什么又要我们去泉州，莫不是一尾守鹤已在泉州了？"

几人都陷入沉思，片刻后，紫菱判断道："不，一尾守鹤一定在福州！"

黑熊蛊犊问道："紫菱何以如此肯定？"

紫菱道："妖僧之所以要我们去往泉州，我猜无非两个原因。其一，他知道我们生居于川，不熟水性，而福州到泉州也是水路，他是想消耗我们精力；其二，我现在毒性已近发作之日，他让我们去泉州，也是想让时间变得更紧迫，届时以此要挟我们，让我们没有还手的余地。"

猕猴胡子问道："既然如此，那我们去还是不去？"

紫菱想了想说道："我想跟他赌一把！"

黑熊盅犊道："怎么赌？"

紫菱道："赌一尾守鹤按捺不住，在福州现身！我们不去泉州。"

阿木道："不！这样太冒险了。要是一尾守鹤真的在泉州怎么办，待到你毒性发作之日，我们再去就为时已晚了！"

紫菱道："阿木，你相信我吗？"

阿木犹豫道："相信，可……"

紫菱看着阿木笑道："这几日我一直在想，为什么从隐逸村斗茶大会开始，我们都被一尾守鹤牵着鼻子走？"

阿木说道："是因为那妖僧诡计多端、阴险狡诈。"

紫菱说道："这固然也是原因之一，但我们一直忽略了一个重要信息。"

猕猴胡子和黑熊盅犊异口同声道："什么信息？"

紫菱继续说道："一尾守鹤向清风观的众道士下毒，然后向我下毒，都给了一个时限。要我们务必在两个月之内找到图谱。他时隔10年再踏上中原，为何却突然急于这两个月要找到图谱？我猜想，这其中必有原因。这么长时间以来，我们一直处于被动局面，也是时候该主动一次了。"

阿木3人听紫菱这么分析，也觉得不无道理。那一尾守鹤屡次布局，他们都被牵制着，从隐逸村到青城山，从青城山到临安城；从临安城回到青城山，又从青城山来到这福州。现在又要被牵着鼻子去泉州。他们一直受其牵制，以至于忘了静下心来去想这其中的漏洞和破绽。3人沉思片刻，知是紫菱心里已有对策，便纷纷看着她等她继续说下去。

紫菱继续说道："所以，我想我们应该跟一尾守鹤赌一把，就赌他如果没能按时拿到《茶具图赞》和'十二法器'，他所有的计划都功亏一篑。虽然我们现在并不知道他有什么计划，为什么这么急迫。"

阿木说道："笠清族长和莫道道人不是说过吗？那倭国现在朝堂震荡，一尾守鹤想从图谱中得到治国大道，待倭国稳定，然后再挥师中原。"

紫菱说道："如果仅仅是这样，那他不应该急于要在这两个月找到图谱。"

猕猴胡子补充说道："所以紫菱你猜想，另有原因？"

紫菱肯定道："正是如此。"

紫菱越是往后分析，阿木3人对这件事的脉络就越是清晰，就越发相信紫菱的判断。

黑熊蛊犽问道："那接下来我们怎么办？"言语中已是赞同了紫菱说的"赌一把"。

紫菱道："明日开始我们兵分两路，我陪阿木和蛊犽一起出去，也不找一尾守鹤，就若无其事地走马观花、吃茶看戏，我也不会让他看出我身体的异样。胡子还是干你的老本行。"

猕猴胡子疑惑道："我有什么老本行？"

紫菱抿嘴笑道："打探消息啊。"

猕猴胡子白紫菱一眼道："这次又打探什么消息？"

紫菱认真道："这福州城鱼龙混杂，既然是商业重镇，那各路的小道消息定遍布甚广。你就去各个茶楼酒肆坐坐，打探一下倭奴国现在究竟什么时局。"

猕猴胡子坚定道："我以为又是什么'夜探敌营'，原来是去喝酒吃茶，这事儿就包在我身上。"

一切安排妥当后，紫菱望向阿木，阿木回应她一个坚定的眼神。

紫菱道："现在，我们就坐等一尾守鹤找上门吧。"

53

按照紫菱的安排，阿木一行4人倒也似乎真的将一尾守鹤的事忘却了，每日尽情游玩，到了晚上，猕猴胡子便将当日打听来的消息进行通报,然后大家一起分析。这样过了数日,众人精神已然得到恢复,但紫菱手上的瘀青却又往上长了一截,阿木见一尾守鹤并不现身,难免心下着急。紫菱安慰道:

"会来的,你相信我。就算这一把我们赌输了,我毒发身亡,我也并不怨谁,都是命里的定数。我死了,一尾守鹤也少了对你的牵制!"

阿木这才意识到,原来紫菱这般安排,还有别的用意,她心里已做好不拖累他,随时赴死的准备,心下一阵懊悔和难过。但此时大家都已认同了紫菱的决定,再者,就算此时动身去了泉州又怎样?无论一尾守鹤在哪里,紫菱身上的毒,始终只有他能解。阿木也不再说要立马去寻找一尾守鹤的话,而是认真道:"倘若真的为你解不了毒,我料理完一尾守鹤这件事,便来陪你!"言下之意,便是紫菱若死了,他也绝不会苟活。

又过了两日,正当猕猴胡子和蛊犽也陷入焦躁之时,一尾守鹤终于来信,信上写着——

"三日后福安茶庄,斗茶大会!"

黑熊蛊犽道:"紫菱神机妙算,那妖僧果然如紫菱所料,就在福州!我们这一把赌赢了。"

紫菱道:"还不算赢,胡子还没打探到关键的消息。"

阿木冷静道："一尾守鹤越是按捺不住，我们越是按兵不动，大家这几日养精蓄锐，准备3日后斗茶大会迎敌。"

猕猴胡子和黑熊盅犉分别回房，阿木留在紫菱处不解问道："一尾守鹤为何要举行斗茶大会？"

紫菱笑道："你说为什么？那妖僧诡计多端，阴险狡诈，那日他在清风观败于你手下，便知论武功再也不是你对手，他打不过你啦。"

紫菱继续说道："但是呢，要你就这样交出《茶具图赞》换我解药，还有莫道真人，他也深知你定不会同意。所以才举行斗茶大会，想在众人面前要你下赌注，这才是他的目的。按照一尾守鹤的一贯做法，这斗茶大会一定会再使诈，到时候我们要多加小心才是。"

二人进入福安茶庄，只见这福安茶庄与一般茶肆不同，建筑结构极为简约，不像是中原人士所建。阿木一行4人来得茶庄，只见茶庄周围早已人山人海，进了茶庄，茶庄顿时被围得水泄不通。从规模上来看，此次斗茶并不亚于当日蒙山隐逸村，足见一尾守鹤是做过精心准备的，那些昔日被一尾守鹤囚禁在建安茶肆的茶界名流多数都已到场，见阿木到来，纷纷过来施礼，想必阿木就是茶灵的消息他们已然知晓。阿木深知，今日斗茶关乎紫菱和莫道道人安危，更关乎茶界声誉和社稷安稳，也是不敢怠慢，从进得福安茶庄那一刻开始，便绷紧神经，打起了十二分的精神。

一尾守鹤和二尾猫又见阿木一众到来，也未前来相迎，只在阿木走近时虚伪说道：

"茶灵大驾光临，老夫有失远迎，失敬失敬！"

紫菱见庄内并未像爹爹当日那般设置过虎（糊）口，心下想道："这一尾守鹤不设过虎（糊）口，定是生怕阿木和谈，看来他是早有准备，待会儿还得再次提醒阿木小心才是。"

阿木正色道："客套话就不必了，咱们还是开门见山的好。"

一尾守鹤不紧不慢道："诶，不急不急！今日老夫将中原茶界名流高士邀请至此，乃是参加斗茶大会，怎么能茶灵一来，就剑拔弩张呢？"

阿木道："阁下巧舌如簧，诡计多端，自阁下到得这炎黄土地，茶界便鸡犬不宁，没有消停过，在下也没有什么大志向，只是今日想再次规劝阁下还是返回倭国，老老实实发扬光大你的'真言宗'，这政局时事，还是不参与的好。"

一尾守鹤听闻阿木提及"真言宗"也是一愣，心下暗想："这几日我派人打探他们的动向，除了逛街便是看戏，他怎么知道我是'真言宗'传人的？"于是疑惑顿生。但一尾守鹤依然不动声色说道："我日本国国土虽小，但人才济济，个个都是英雄豪杰，北条时宗大人更是运筹帷幄的千古奇才，他日北条时宗大人以日本国为轴心，造福海内外，更是人心所向。老夫所掌'真言宗'起于中土，便理应回报中土，只有将我日本国思想精粹'真言宗'带给中土，这天下苍生才能尽享福安。"

阿木道："中原文化，博大精深，释儒道三教，经典云集，岂有在乎你'真言宗'的教义？仅以本朝为例，奝然、寂照、成寻均是倭国高僧，来华求法，无比的诚心诚意、虚心求教。阁下竟然大言不惭，实在让人汗颜。"

一尾守鹤哈哈笑道："奝然和尚来华，又岂是求法？他来中原3年，毫不吝啬地广传佛法，向你们传授了《郑氏注孝经》《越王孝经新义》两部中原失传已久的典籍，敢问这中原文化若是真如阁下所说的博大精深，又岂会连这两部经书都没有？"

阿木接话道："我要是阁下，便不会提及这《郑氏注孝经》《越王孝经新义》两部经书，免得掌了自己的嘴。这《郑氏注孝经》和《越王孝经新义》流落倭国，只能说明我中土文化繁荣昌盛以至汗牛充栋的地步，掉两本经书都难以察觉。再者，史书并未记载哪朝皇帝将这两本经书赏赐给倭奴国，而这经书又在你们手上，这窃书之事，怕是在下不说，阁下也心下明了吧。"

众人皆窃窃私语。

54

阿木继续说道:"再说这茶道,若不是当年最澄和尚和空海和尚将茶道带至倭国,阁下又岂能知道茶为何物?空海和尚感受到中原文化的精髓,回国之后创立了'真言宗',亦将茶道发扬光大,阁下作为'真言宗'的传人不悉心参茶礼佛,感谢中原,反而屡次来犯,用数典忘祖、忘恩负义、恩将仇报来形容阁下,确是一点也不为过。"

一尾守鹤见眼前这个昔日笨拙木讷、反应迟钝的茶肆伙计,突然变得口齿这般伶俐,倒是吃惊不小,心中知是阿木辱骂,却也一时不知怎么还口,只说道:"不想昔日的茶肆伙计摇身一变,成为茶灵后,牙尖嘴利得厉害。刚才阁下说老夫巧舌如簧,依老夫所见,这巧舌如簧,阁下倒是当之无愧。今日老夫邀阁下莅临,以及请来这茶界一众名流,也不是讨论这些问题的,阁下,里边请吧。"

阿木4人以及众多茶界名流跟着一尾守鹤进去,到得内院。一尾守鹤向二尾猫又做了一个手势,二尾猫又向侍从喊道:"将莫道道人请出来。"言毕,只见几名侍从押解着莫道道人出来了，莫道道人看到阿木，心知阿木已是找到《茶具图赞》和十二法器了，又喜又愁，于是说道："少侠，老朽只是被他们点了穴道，待会儿与这妖僧斗茶之时，还请专心致志。老朽能有幸再见识少侠高超的茶艺，便已知足。其余的事，无须牵挂。"

阿木沉着道："真人暂且委屈一会儿。"

一尾守鹤道："实不相瞒，老夫自知功夫已不是阁下对手，心有怯意，万一阁下恃强凌弱，老夫岂不是自讨没趣。不得已，便将莫道道人请来了。"

紫菱在阿木身边道："阁下总能将卑鄙之事说得这么冠冕堂皇，脸皮也可真够厚的。"

一尾守鹤道："看来姑娘精神倒是挺好，这毒你还想不想解？"

紫菱见一尾守鹤出言威胁，冷笑道："今日来你这福安茶庄，便没想过全身而退。解不解毒对我来说，都已不重要了。人固有一死,或重于泰山,或轻于鸿毛。倒是阁下，为得到这《茶具图赞》似乎着急了一点？"

一尾守鹤不接紫菱的话，继而对阿木说道："今日斗茶，遵循中原规矩，不斗长流壶。"说着指了指身后茶具。阿木突然听说不斗长流壶，心下诧异，不知这妖僧打着什么算盘。

一尾守鹤继续说道："长流壶技艺，阁下《龙行十八式》已是登峰造极，再无敌手，老夫长居日本国，日本国斗茶与中原斗茶之文斗乃是一脉，今日斗茶就以文斗定胜负，咬盏时间长者为胜。如果你们胜了，就按我们之前的约定，你们交出《茶具图赞》和'十二法器'，我给你们解药；如果你们输了，我得到《茶具图赞》和'十二法器'以后，毒自然会给这位姑娘解，不过这位姑娘须跟老夫先去一趟日本国。"

众人听闻这一赌注，不由得想起那日笠清茶肆的斗茶，当时蛊犊的赌注也和这个一样，充满了不公平却又无从反驳。

猕猴胡子和黑熊蛊毒忽闻一尾守鹤不斗长流壶，心下吃紧，面面相觑。猕猴胡子道："妖僧，既然是文斗，为何不早言明？你这分明是使诈！"

一尾守鹤狡黠笑道："这是什么话？既然是斗茶，又岂只有长流壶一脉？莫非茶灵连斗茶的规矩都不懂？噢，如果你们没带茶，老夫倒是喜欢助人为乐，可为你们提供。"

阿木也一时陷入困惑，因一尾守鹤功力了得，这几日他们一心准备长流壶去了，却不想这妖僧居然会选择文斗，着实打了他们一个措手不及。正想着化解之法，突听紫菱在身边坚定说道："好，我们应战！"

一尾守鹤笑道："果然爽快。那你们也算是当着这一众豪杰的面认了这赌注了？"

紫菱道："那是自然。"

阿木却是心里没底，一来自己并没准备文斗之物，二来也从来没和人这样斗茶过，这场比斗，还没开始自己便已输了。而一想到自己输了，这关乎社稷的图谱不但要拱手让给一尾守鹤不说，紫菱还要被囚禁至倭国，届时自己倒成了不忠不义之徒。想到这些，阿木眉头紧锁，在紫菱耳边说道："紫菱，你怎么能答应他，我们何以取胜？"

紫菱阿木耳边轻声道："文斗之事，无外乎茶具与茶，斗茶斗浮而已。"

阿木道："这我也知道，可我们哪来斗茶的茶具？又哪来上好的茶？"

紫菱却胸有成竹似的轻声笑道："难道你忘了那日在建安茶肆所得，还有老伯所赠之物？"

阿木恍然大悟，只觉这冥冥之中有天意。于是向一尾守鹤说道："那就当着众豪杰的面，与你斗上一斗！"

一尾守鹤成竹在胸说道："请！"

55

只见一尾守鹤从一锦盒内取出茶团，这茶团形似月饼，为蜡纸所裹，纸上图绘绝妙，中间为一朝阳之凤，四周辅以祥云，大气端庄，让人看了便不忍拆开。一尾守鹤道："此乃北苑贡茶小凤茶，当今世上只此一枚。"说罢，便去其蜡纸，然后敲下一小块置于茶碾，茶碾为鎏金银质，这种茶碾盛行于盛唐宫廷，当时便已是稀世珍物，如今几百年过去，一尾守鹤居然拥有一具，还用于此次斗茶。众人大开眼界，虽然对一尾守鹤为人嗤之以鼻，但茶无国界，茶又讲究"至清至和"，所以在斗茶本身这件事上，还是抱以欣赏的态度。

阿木见一尾守鹤已开始点茶，便径直也来到事先准备好的位置上，将一干器具摆设好后，也从行李中取出一饼状之物。黑熊蛊毒不解道："阿木拿的什么？"

猕猴胡子也是疑惑，看着阿木手里的圆饼，认真说道："我也不知道，可能是早上出门时候带的烧饼。"

只见阿木也打开油纸，敲下一小块，置于茶碾，这茶碾与一尾守鹤的相比，倒是黯然失色了，它看起来普通至极，只是茶碾侧身刻有三字，上书"金法曹"。众人眼光都聚焦在一尾守鹤身上，对阿木的器具倒没多少关注。阿木屏气凝神，却并不着急碾茶。

莫道道人见阿木静心思考，于是大声提醒道："碾茶，切记果断，不可忘形长碾！"

阿木猛地睁开眼,像是被莫道道人的话醍醐灌顶,脸上顿时露出喜色,说道:"多谢真人提醒!"

一尾守鹤一边点茶一边观察阿木,只见阿木动作娴熟,并不像初次点茶,于是心下暗惊:"莫非这小子也精通点茶之道?"他不知道虽然阿木此次为初次点茶,但阿木作为茶灵,对茶艺有异于常人的天赋,还在隐逸村当茶肆伙计之时,阿木便已熟读各类茶书,对点茶之法也了然于胸,后在清风观又与莫道道人品茗论道,见识了莫道道人高超的点茶之功,心中早已记下了点茶的步骤要领,只是此时受"斗茶"一事困扰,一时半会儿未能想起清风观之事,好在经莫道道人提醒,及时醒悟了过来。

阿木也是在此时才突然明白当日在清风观莫道道人传授他《拜水十六式》时所说的那番话——记住没记住不要紧,只要看过,待其任督二脉打通,日后便自然会了。想当初在笠清茶肆与黑熊蛊毒比试长流壶,他也是这般一看就会!

不一会儿,一尾守鹤与阿木都到了候汤的阶段。斗茶之要,候汤尤重,未熟则末浮,过熟则茶沉。这开水开到什么程度将直接影响到茶的汤色及咬盏的时间,开水过早,茶末就会浮于汤面,使汤色混浊;开水过晚,茶末就会下沉至盏底,便更谈不上咬盏了。阿木谨记莫道道人所说的"背二涉三"，待沸水响过蟹眼片刻，便开始燲盏点茶。一尾守鹤倒也是精通茶道之人，也是在"背二涉三"之时开始燲盏点茶。莫道道人心下暗想："本想着阿木能在这个环节占据优势，不想这妖僧居然也知'背二涉三'之法，看来不容小觑。"一想到一尾守鹤使用的茶团乃是绝世无双的小凤茶，而阿木所用的纵然是民间上品饼茶，在这候汤环节不能占据优势，也是断然赢不了一尾守鹤的，心中不免惊慌。莫道道人向紫菱看去，却见她若无其事，又像是成竹在胸的样子，心中便更是疑惑了。

众人见阿木点茶之功炉火纯青，也都被吸引了过去，后来见双方势均力敌，索性将其二人围成了一个圆圈。阿木点茶击拂至三汤，突然想起陶榖在《清异录》所述"注汤幻茶"的事，于是有了大胆的想法，只见他击拂之时，手腕灵动，不多时汤纹水脉便成物象，时而山水，时而草木，变幻莫测。包括猕猴胡子和紫菱在内的所有人，顿时惊呼不已！有人大惊道："少侠年纪轻轻，竟然会这分茶之术，茶艺通神，实属罕见！这世上早有耳闻有人能将汤纹水脉化成物象，却也只是传闻，今日得见，三生有幸！"那一尾守鹤见有人夸赞阿木分茶之术，心中又是一惊，会此等功夫之人，技艺当是何等了得。于是更不敢怠慢。

一尾守鹤与阿木击拂至七汤，同时喊道："起！"

只见二人茶汤"乳雾汹涌，溢盏而起"，都是凝而不动，一时间不分伯仲！众人屏气凝神，盯着这两盏茶汤，阿木也是异常紧张。只见两盏茶持续咬盏，都没有露出水线的意思，过得多时，只见阿木那盏茶，乳雾渐消，渐渐临近水线。一尾守鹤心中暗喜，道："阁下怕是要输了，这小凤茶果然名不虚传，纵然阁下技艺高超，但这茶品，却是早已分了高低。"阿木并未听见一尾守鹤的话，他和众人一样，全神贯注地注视着两盏茶汤。此时两盏茶咬盏的时间早已超过平时民间斗茶的极限，又过了一会儿，阿木茶盏泡沫还在渐渐消退，但一尾守鹤盏内茶汤却突然像是决堤一般，迅速消散，很快便露出了水线！一尾守鹤大惊失色道："这不可能！"

但事实已然清晰。众人所见，确是阿木胜出了！

阿木平静地说道："没有什么不可能，在你的眼里，可能除了我的技艺稍占上风，或者你都不认为技艺比得过你，其他的茶具、茶都不如你是吧？你的茶具都是绝世珍品，你的茶团又是绝世无双的小凤茶。但是我想说的是，你恰恰错了，我除了技艺因是初次点茶略逊于你，其他的都比你强！"

一尾守鹤大怒道："怎么可能，老夫千方百计才得到这举世无双的茶具和茶团，自问这天下再没比它们更好的了，怎么可能输给你？"

阿木漫不经心地将他的茶团拿出来，只见这茶团比小凤茶略大，上面所绘图案倒是和小凤茶一对，乃是一腾升的蛟龙，四周辅以祥云，一尾守鹤惊道："大龙茶！"

56

一尾守鹤惊呼大龙茶。阿木道："正是！"说罢又将茶碾、筛子、茶帚等物拿给一尾守鹤看，只见这三样器具身上分别刻着"金法曹""罗枢密""宗从事"。一尾守鹤道："这是什么？"

阿木道："这便是你日思夜想、处心积虑想要得到的'十二法器'！"

一尾守鹤作势要抢，阿木早已判断出他的意图，论速度，一尾守鹤又岂是阿木的对手！

一尾守鹤像是高筑的城堡陡然崩塌，恼羞成怒道："原来你早就知道老夫的意图？诚心使诈！"

还不待阿木说话，紫菱上前说道："不错！我们早就知道你今日斗茶是要用这小凤茶，所以早就有所防备，刚才不过是要你掉以轻心罢了！我们也知道你叫我们去泉州，只是想拖垮我们。"

一尾守鹤冷笑道："你们还知道什么？"

紫菱道："我们还知道你这么急于得到《茶具图赞》，是因为忽必烈欲对倭国用兵，北条时宗的政权现在岌岌可危，你要再不把这蕴藏了治国大道的图谱带回去，你也别想再掌教'真言宗'了，好像,时间跟我一样,都所剩无几了,是吧？"

一尾守鹤没想到这短时间内，阿木他们已把这一切都探得如此清楚，于是也不再掩饰，继续冷笑道："不错！看来你们已经学聪明了！"

紫菱说道："跟你这老狐狸斗，不学一点狡诈又怎么会赢？"言下之意是告诉阿木和猕猴胡子他们，说早知道一尾守鹤要用小凤茶来斗茶也是诓骗他。

阿木道："既然胜负已分，那就履行诺言吧。把解药拿出来。"

一尾守鹤从怀里掏出解药，说道："解药就在我手上，这姑娘要是想活命，就先交出《茶具图赞》和'十二法器'。"

紫菱道："若是我们不交呢？"

一尾守鹤哈哈笑道："纵使你算计老夫这么多，也始终棋差一着！老夫自认深谋远虑，当时便担心你这姑娘身上之毒不足以牵制茶灵，便把莫道道人也请了过来，但老夫还是觉得不放心……"说罢突然大喝一声道："弓箭手，放箭！"

众人反应过来,弓箭便像雨点一样朝院内射来。阿木大惊,抱着紫菱左闪右躲,以阿木的功夫,躲过这些密密麻麻的乱箭倒是不在话下,只是这些被骗来的茶界名流,就没那么走运了,一时间便有多人中箭倒地。猕猴胡子和黑熊蛊毒也是一惊，躲闪着大声互相喊道："救莫道真人！"这边阿木抱着紫菱想找躲避之处，才发现一尾守鹤早有预谋，这内院空空如也，连一棵树都没有，那些茶界名流犹如瓮中之鳖，不断有人被射伤射死，大家抱头纷纷逃窜，却怎么也躲不过这如牛毛般的箭雨！阿木取出身上的寒铁长壶，以极快的速度四处挥舞着阻挡箭雨，但无奈受伤的人到处逃窜让他无法全然都挡住。

见一尾守鹤如此毒辣，这么多人也因为这一场斗茶而枉死，阿木心中怒气升腾，只见他一脚将烧水的釜鼎踢向空中，自己抱着紫菱凌空跃起，然后寒铁长壶在釜鼎里汲满开水，大喝一声："《龙行十八式》——龙兴雨施！"自己抱着紫菱在空中飞速旋转，那滚烫的开水随着寒铁长壶的惯性，像无数钢钉一样从壶嘴向四周射出，射速之快，超过这内院箭雨数倍，只听"乓乓乓乓"，这屋顶上的弓箭手，一时间全部落地，再也没爬起来。

这边猕猴胡子和黑熊蛊毒已然和二尾猫又交起手来，不多时，二尾猫又便已不敌。只见他突然回撤，作势要攻被困的莫道道人，猕猴胡子和黑熊蛊毒心下大惊，忙去营救，却不想此时二尾猫又突然回身，打出三枚回旋镖，直朝猕猴胡子飞来，黑熊蛊毒见状大喊一声："小心！"自己却扑将过来，将这三枚回旋镖挡下，蛊犊应声倒地！

那一尾守鹤见弓箭手霎时间被阿木扫平，知道想用围攻战术，已是不可能了，便上前抓住莫道道人，继续将其作为人质！阿木清理掉所有弓箭手后，见黑熊蛊毒受伤，二尾猫又趁势进攻猕猴胡子，于是忙上去解围，刚瞬移至胡子跟前要将二尾猫又一掌击毙，一尾守鹤却大喊道："住手！"

一尾守鹤一手捏着解药药瓶，一手掐住莫道道人咽喉说道："不想这姑娘和这牛鼻子老道死的话，就乖乖听我的话！"

阿木挂念莫道道人安危，一只手举在半空，终是没有落下。阿木红着眼说道："妖僧，你放了莫道真人！"

一尾守鹤说道："跟上次在清风观一样，现在还轮不到你讲条件！"

阿木道："那你想怎样？"

一尾守鹤说道："我要你自断右臂！然后交出《茶具图赞》和'十二法器'。"

紫菱在阿木身后大声喊道："阿木，你切不可再听他的。"

阿木看了看紫菱，又看了看莫道道人，一时陷入挣扎。

莫道道人说道："紫菱说得对，你再不可听他的，你自断右臂，便没有人再能制伏这妖僧了。老朽陪你们走了这么多路，看着你从一个懵懂的少年成长为茶灵，也算是了却了笠清族长的心愿，老朽活够了！"

一尾守鹤刚才见阿木心有动摇，这时莫道道人却一语又将他唤醒，于是恼羞成怒，只听他说道："多嘴！"然后右手一用力，"咔"的一声，莫道道人脖子瞬间折断！

阿木见莫道道人就这样死于一尾守鹤之手，顿时怒不可遏，只见他青筋暴起，"啊"的一声狂叫，然后一掌将二尾猫又劈死。还不等一尾守鹤反应过来，只觉得一阵风吹过，一尾守鹤手里的解药已经不在。

一尾守鹤感到肚子一阵冰凉，于是向下看去，只见那寒铁长壶硬生生地插进了自己身体，只剩壶身还在外面。

阿木怒气未消，立于一尾守鹤前面，说道："你想杀我们，你杀得了吗？"

一尾守鹤说不出话来，像是无法相信眼前的事实，自己机关算尽，终是落得这个结局，于是眼睛直盯盯地看着阿木，眼神里写满了诧异、不服，还有惊恐。

阿木又吼道："你杀得了吗？"说罢，便是一声歇斯底里的怒吼，然后右手手掌聚力，"嘭"的一掌击在寒铁长壶壶身，长壶顿时像离弦之箭一样，从一尾守鹤身体穿射而出，钉在了一尾守鹤身后的幕墙之上！

一尾守鹤一句话也未能说出来，便已毙命！

阿木上前抱起莫道道人尸首，看着这院内尸横遍野，难过得无以复加。就为了一张图谱，就为了那十二法器，一尾守鹤在中土掀起腥风血雨，纵然他也已伏法，可死去的笠清族长、莫道道人还有那些无辜的茶人，却再也无法复生，他们是为保护这图谱而死，他们也是为捍卫这茶之大道而死，他们更是为保住这华夏基业不被外族入侵而死！

阿木跪在地上，看着万里苍穹，心里像是默默地在为这些死去的人祈祷着。

57

紫菱和黑熊蛊毒在福州调养了两个月，伤势渐好，阿木见此时已是盛夏时节，梅雨将至，便要带着紫菱他们启程回川蜀。黑熊蛊毒说既然已经出来这么久了，便想再多去走走。阿木问他什么时候回来，黑熊蛊毒道："来年开春吧，等蒙山五峰的春茶好了，我再回来想办法。"

阿木问道："想什么办法？"

黑熊蛊毒笑道："我想了想，还是得完成家父的遗愿。"

紫菱依偎在阿木身边笑道："那好，我们回去把隐逸村再扩大一些，你最好把黑熊岭都搬过来。"

猕猴胡子在一旁说道："那我也把我的族人搬过来！"

说完，4人皆笑了起来。

阿木他们走后，福州发生了一次火灾，那福安茶社不知被谁，用一把火烧了个精光。

回到隐逸村，阿木将那把寒铁长壶再次封存，埋于蒙山五峰之中。除了他自己，谁也找不到。

一天，紫菱突然说道："我想在后山种很多很多的竹子。"

阿木将紫菱揽在怀里，说道："好啊，我陪你！"